5分で夢中！

サイコーに熱くなる話

並木たかあき
大久保開
小竹洋介
豊田巧
りょくち真太

集英社みらい文庫

人気《にんき》シリーズ大集合《だいしゅうごう》！

5分《ふん》で夢中《むちゅう》！

サイコーに熱《あつ》くなる話《はなし》

もくじ

田中《たなか》くん!!
牛乳《ぎゅうにゅう》カンパイ係《がかり》の名《な》にかけてゆるさん!
牛乳《ぎゅうにゅう》カンパイ係《がかり》、田中《たなか》くん
めざせ! 給食マスター
第《だい》1回《かい》ゴクゴク! 5年《ねん》1組《くみ》・牛乳《ぎゅうにゅう》カンパイ選手権《せんしゅけん》
作《さく》・並木《なみき》たかあき 絵《え》・フルカワマモる

大久保《おおくぼ》ノリオ
5年《ねん》1組《くみ》の恐怖《きょうふ》の大王《だいおう》。
ちょっと乱暴《らんぼう》だが、じつは
やさしい一面《いちめん》も…。
田中《たなか》食太《たべた》
5年《ねん》1組《くみ》の人気者《にんきもの》。
牛乳《ぎゅうにゅう》カンパイ係《がかり》として、
給食《きゅうしょく》の悩《なや》みを解決《かいけつ》する。
鈴木《すずき》ミノル
牛乳《ぎゅうにゅう》が飲《の》めなかった、
ちょっと気弱《きよわ》な転入生《てんにゅうせい》。
食《た》べ物《もの》の好《す》ききらいが多《おお》い。

御《お》石《いし》井《い》小《しょう》学《がっ》校《こう》のメンバー
増《ます》田《だ》先《せん》輩《ぱい》
田《た》中《なか》のあこがれの先輩《せんぱい》。6年《ねん》1組《くみ》の天《てん》才《さい》・給《きゅう》食《しょく》マスター。
多《た》田《だ》見《み》マモル先《せん》生《せい》
5年《ねん》1組《くみ》の担《たん》任《にん》。生《せい》徒《と》たちをひたすら見守《みまも》る、やさしい先生《せんせい》。
三《み》田《た》ユウナ
いつもまわりに気配《きくば》りしている、しっかり者《もの》の委《い》員《いん》長《ちょう》。
難《なん》波《ぱ》ミナミ
大《おお》阪《さか》出《しゅっ》身《しん》。料《りょう》理《り》のうまい、元《げん》気《き》な女《おんな》の子《こ》。田《た》中《なか》くんのライバル!?

お前《まえ》らぁ、ちゅうもーく！

今日《きょう》、オレたちの御石井《おいしい》小学校《しょうがっこう》５年《ねん》１組《くみ》には、
すごく大《おお》きなイベントがあるんだ。

その名《な》も**『牛乳《ぎゅうにゅう》カンパイ選手権《せんしゅけん》』！**

童謡《どうよう》『紅葉《もみじ》』を替《か》え歌《え》にして、牛乳《ぎゅうにゅう》を飲《の》む。
『牛乳《ぎゅうにゅう》カンパイ音頭《おんど》』を一番《いちばん》うまくできたひとは、
なんでも好《す》きな給食《きゅうしょく》を
リクエストすることができるんだ。

出場者《しゅつじょうしゃ》は、ミノル、ユウナ、
ミナミ、ノリオの４人！
はたして優勝《ゆうしょう》するのは
誰《だれ》なのかっ？

司会《しかい》のオレも、いまから
ムチャクチャ楽《たの》しみだぜ！
それじゃあ、いくぞ！

「牛乳《ぎゅうにゅう》カンパイ選手権《せんしゅけん》」スタート！

ある日《ひ》の御石井小学校《おいしいしょうがっこう》。

「それでは、いた〜だき〜ます！」

「「「いた〜だき〜ます！」」」

給食《きゅうしょく》の時間《じかん》が始《はじ》まると、オレは牛乳《ぎゅうにゅう》ビンを右手《みぎて》に立《た》ちあがった。

イスに片足《かたあし》をドンと乗《の》せる。

マイクを持《も》った歌手《かしゅ》みたいになって、オレは5年《ねん》1組《くみ》に呼《よ》びかけた。

「牛乳《ぎゅうにゅう》カンパイ選手権《せんしゅけん》、始《はじ》めるぞー！」

「「「うお〜！」」」

今日《きょう》は、5年《ねん》1組《くみ》にとって大事《だいじ》な日《ひ》だった。

御石井小学校《おいしいしょうがっこう》には「リクエスト給食《きゅうしょく》」っていうイベントがある。1年《ねん》に1回《かい》、なんでも好《す》きなメニューをひとつリクエストしていいんだ。今回《こんかい》は、オレたちのクラスの番《ばん》だった。

けれど、困《こま》ったことになっていた。

リクエストするメニューを学級会《がっきゅうかい》で話《はな》し合《あ》っても、なかなか決《き》まらなかったんだ。

そこでオレはクラスの『牛乳《ぎゅうにゅう》カンパイ係《がかり》』として、みんなにこんな提案《ていあん》をした。

「給食《きゅうしょく》のことは、給食《きゅうしょく》で決《き》めようぜっ」

給食《きゅうしょく》の時間《じかん》に、オレたちのクラスはみんなで一緒《いっしょ》にもりあがるため『牛乳《ぎゅうにゅう》カンパイ音頭《おんど》』をやる。

「『牛乳《ぎゅうにゅう》カンパイ音頭《おんど》』を一番《いちばん》うまくできたひとが、5年《ねん》1組《くみ》のリクエスト給食《きゅうしょく》のメニューを決《き》めようぜ」

オレの意見《いけん》に、クラスみんなが賛成《さんせい》した。

そして今日《きょう》、クラスの中《なか》から挑戦者《ちょうせんしゃ》4人《にん》が参加《さんか》して、勝負《しょうぶ》をすることになった。

♪秋《あ～き》の夕日《ゆうひ》～に　照《て》～る山《やま》　紅葉《も～み～じ》～

秋《あき》の童謡《どうよう》『紅葉《もみじ》』を替《か》え歌《うた》にして、誰《だれ》が一番《いちばん》うまくできるのかを競《きそ》うんだ。

「みんなぁ！　まずはオレが『牛乳《ぎゅうにゅう》カンパイ音頭《おんど》』のお手本《てほん》を見《み》せるぜ！」

「「お～っ！」」

いつものように、クラス全員《ぜんいん》の手拍子《てびょうし》が始《はじ》まった。

パン・パン・パン・パン！

パン・パン・パン・パン！

『牛乳《ぎゅうにゅう》カンパイ係《がかり》』のこのオレが、ぜったいに給食《きゅうしょく》の時間《じかん》をもりあげてやる！
みんなの手拍子《てびょうし》を聞《き》くと、オレはいつもそう思《おも》うんだ。
楽《たの》しそうなみんなを見《み》るのは、オレだって楽《たの》しい。
クラスに手拍子《てびょうし》がひびく中《なか》で、担任《たんにん》の多田見《ただみ》マモル先生《せんせい》はいつものように、オレたちをただ見守《みまも》ってくれていた。

♫秋《あ～き》の牛乳《ぎゅうにゅう》　ゴクゴクおいしい！
今日《きょう》は対決《たいけつ》！　メニューをかけて
『カンパイ音頭《おんど》』誰《だれ》が一番《いちばん》？
さぁいざ勝負《しょうぶ》を　始《はじ》めよう！♫

歌《うた》が終《お》わったその瞬間《しゅんかん》。
ごくごくごくごくごくっ！
思《おも》いっきり背中《せなか》をそらせて、オレは牛乳《ぎゅうにゅう》を飲《の》み始《はじ》める。
5秒《びょう》かからず、牛乳《ぎゅうにゅう》ビンは空《から》っぽになった。
「ぷはぁ」
ああ、やっぱり給食《きゅうしょく》の牛乳《ぎゅうにゅう》は最高《さいこう》にうまいぜ！
オレは牛乳《ぎゅうにゅう》ビンを高《たか》く持《も》ちあげると、クラスのみんなにこう宣言《せんげん》した。

『第《だい》1回《かい》ゴクゴク！　5年《ねん》1組《くみ》・牛乳《ぎゅうにゅう》カンパイ選手権《せんしゅけん》スタート！』

＊

挑戦者《ちょうせんしゃ》4人《にん》それぞれがつくった『牛乳《ぎゅうにゅう》カンパイ音頭《おんど》』の歌詞《かし》は、すでにみんなに配《くば》られていた。
みんなで歌《うた》を歌《うた》ったあとに、挑戦者《ちょうせんしゃ》にはごくごくごくっと牛乳《ぎゅうにゅう》を飲《の》みほしてもらう。

歌《うた》をきちんと歌《うた》って、牛乳《ぎゅうにゅう》を飲《の》みほせれば合格《ごうかく》。飲《の》みほせなかったら失格《しっかく》だ。

などとルールのかくにんをしていたら、オレはここでひとつの問題《もんだい》に気《き》がついた。

「勝《か》ち負《ま》けの判定《はんてい》は、どうしよう？」

合格《ごうかく》したひとがふたり以上《いじょう》いたら、誰《だれ》かが判定《はんてい》をしなくちゃいけないぞ。

担任《たんにん》の多田見《ただみ》マモル先生《せんせい》をチラッと見《み》たけど、首《くび》を横《よこ》にふっている。

「クラス内《ない》での勝負《しょうぶ》に先生《せんせい》がでてしまうのはよくないと思《おも》うんですね。先生《せんせい》が決《き》めるのではなく、みんなで知恵《ちえ》をだし合《あ》って考《かんが》えてみましょう」

先生《せんせい》は判定《はんてい》をしてくれないようだ。

オレはといえば今回《こんかい》、司会《しかい》をまかされていた。司会《しかい》が勝《か》ち負《ま》けの判定《はんてい》をするわけにはいかない。オレは給食《きゅうしょく》のメニューすべてが大好《だいす》きだから、メニューをなにかひとつリクエストしようとは思《おも》わなかったんだ。

「……うーん。困《こま》ったなぁ」

「田中《たなか》くん！」

急《きゅう》に、オレのよく知《し》っているひとの声《こえ》が聞《き》こえた。

「困《こま》りごとは、なんでも先輩《せんぱい》に相談《そうだん》したまえっ！　ふはははははははははは。はは。は。はっ。げふん。げふっ。げふんっ」

「ああ、この声《こえ》は！」

オレが尊敬《そんけい》している、増田先輩《ますだせんぱい》だっ！

「どこだっ？　先輩《せんぱい》はどこにいるんだっ？」

声《こえ》はするのに、姿《すがた》は見《み》えない。

天才《てんさい》・給食《きゅうしょく》マスターの増田先輩《ますだせんぱい》は、とつぜんオレたちのもとへやってきては、「ごきげんよう！」と風《かぜ》のように去《さ》っていく。

「ぼくは、ここさ！　とうっ！」

オレたちのクラスの一番《いちばん》うしろは、それぞれが道具《どうぐ》を置《お》けるたなになっている。そのたなのうちのひとつから、増田先輩《ますだせんぱい》はいきおいよく飛《と》びだした。

「「キャー！　増田先輩《ますだせんぱい》っ！」」

女子《じょし》たちが歓声《かんせい》をあげる。増田先輩《ますだせんぱい》はクラスの女子《じょし》たちからの人気《にんき》がばつぐんなんだ。

すばやい前転《ぜんてん》をくりかえし、かろやかにオレの横《よこ》へとやってきた。

かっこよく、黒板《こくばん》にドンと手《て》をついた。

「話《はな》は、聞《き》かせてもらったよ！」

……なぜ、教室《きょうしつ》うしろのたなの中《なか》にいたんですかっ！

オレはもちろん、クラスのみんなもそんな顔《かお》になった。

けれども、世界《せかい》をまたにかけて活躍《かつやく》する、天才《てんさい》・給食《きゅうしょく》マスターの増田先輩《ますだせんぱい》のことだ。きっとなにか深《ふか》い理由《りゆう》があるんだろう、とオレは考《かんが》えた。

増田先輩《ますだせんぱい》はさらりと説明《せつめい》した。

「御石井小学校《おいしいしょうがっこう》のたなは、すべて

の教室《きょうしつ》につながっているのだよ。ぼくは自分《じぶん》の6年《ねん》1組《くみ》のたなから、学校中《がっこうじゅう》に簡単《かんたん》に移動《いどう》ができるのさ」

「えええっ？」

「田中《たなか》くんたちが知《し》らないのも無理《むり》はない。だって、ぼくが勝手《かって》にやったんだから」

「勝手《かって》にっ？」

「校長先生《こうちょうせんせい》にはナイショだよ。ふはははははははははは。はは。は。はっ。げふん。げふっ。げふんっ」

たなの話《はなし》は、増田先輩《ますだせんぱい》なりの冗談《じょうだん》だと思《おも》うけれど、とにかく『牛乳《ぎゅうにゅう》カンパイ選手権《せんしゅけん》』の判定《はんてい》は、増田先輩《ますだせんぱい》にやってもらうことになった。

*

オレはあたらしい牛乳《ぎゅうにゅう》ビンを、マイク代《が》わりに持《も》った。司会《しかい》っぽいかっこうをしたくて、100円《えん》ショップで買《か》っていた大《おお》きなちょうネクタイを身《み》につけている。

「それでは、エントリー・ナンバー1番《ばん》！　黒板《こくばん》の前《まえ》へ！」

「はい！」

トップ・バッターの鈴木《すずき》ミノルが、返事《へんじ》をしながら席《せき》を立《た》った。

ガチガチに緊張《きんちょう》しているようで、右手《みぎて》と右足《みぎあし》を同時《どうじ》に前《まえ》へだすという不自然《ふしぜん》な歩《ある》き方《かた》でむかってきた。

「ミノル、だいじょうぶか？　歩《ある》き方《かた》が不自然《ふしぜん》だぞ」

「あ、本当《ほんとう》だ」

おいおい、自分《じぶん》で気《き》づいていなかったのか。

「トップ・バッターは緊張《きんちょう》するね」

じつはミノルは、ちょっと前《まえ》まで牛乳《ぎゅうにゅう》を飲《の》めなかった。きらいな食《た》べ物《もの》だって、むちゃくちゃ多《おお》い。でも5年《ねん》1組《くみ》に転入《てんにゅう》してきてオレと友《とも》だちになってからは、少《すこ》しずつにがてなものがへってきたらしい。

『田中《たなか》くんのおかげで給食《きゅうしょく》の時間《じかん》が楽《たの》しくなったよ』

そんなことを、オレにいつもいってくれる。

牛乳《ぎゅうにゅう》もピーマンもトマトも、いまではミノルはすっかりだいじょうぶになっていた。

「ミノルは、なにをリクエストしたいんだ？」

「マーボーナスだよ」

「おお、人気《にんき》のあるメニューだよな」

とオレがいうと、ミノルは意外《いがい》な返事《へんじ》をした。

「ぼく、ナスも食《た》べられなくてさ。食《た》べられるようになりたくて、リクエストするんだ」

「え？」

「田中《たなか》くんがいる給食《きゅうしょく》の時間《じかん》なら、食《た》べられそうな気《き》がするからね」

ミノルは好《す》ききらいをへらす努《ど》力《りょく》をしているみたいだ。こういう、ミノルのコツコツ努《ど》力《りょく》するところが、オレは大《だい》好《す》きだ。

ミノルはオレの一番《いちばん》の友《とも》だちなんだ。

さっそくミノルは、少《すこ》しかたい表情《ひょうじょう》で牛乳《ぎゅうにゅう》ビンを持《も》った。

「えーと……、いきます！」

パン・パン・パン・パン！

パン・パン・パン・パン！

手拍子《てびょうし》のみんなは歌詞《かし》を見《み》ながら、ミノルのつくった歌《うた》を歌《うた》い始《はじ》めた。

♫♫秋《あ～き》のナスビに　ひき肉《にく》　準備《じゅんび》
コゲに気《き》をつけ　強火《つよび》で料理《りょうり》
味《あじ》の決《き》め手《て》は　砂糖《さとう》やショウが
とろみのついた　マ～ボ～ナス♫♫

歌《うた》が終《お》わって、あとは牛乳《ぎゅうにゅう》を飲《の》むだけだ。

ごくごくごっ、くごく、ごくん、ご、くん、ご、く、ん……。

ミノルは半分《はんぶん》くらい飲《の》んでから、牛乳《ぎゅうにゅう》ビンを口《くち》からはなした。

「ぷはぁ。ああ、ダメだ。田中《たなか》くんみたいにはできなかったよ」

「残念《ざんねん》！　ミノル、飲《の》みきれなかったら失格《しっかく》なんだ」

「うん。でも、いいよ」

ミノルは笑顔《えがお》でオレにいった。

「田中《たなか》くんに会《あ》う前《まえ》なんて、まったく牛乳《ぎゅうにゅう》を飲《の》めなかったんだから。進歩《しんぽ》したよ」

失格《しっかく》になってしまったけれど、ミノルはうれしそうにしていた。

ミノルが落《お》ちこんでいないことをかくにんしてから、オレは司会《しかい》の仕事《しごと》に戻《もど》った。

「よし、次《つぎ》の挑戦者《ちょうせんしゃ》だ！　エントリー・ナンバー２番《ばん》、黒板《こくばん》の前《まえ》へ！」

ふたりめの挑戦者《ちょうせんしゃ》は、女子《じょし》だった。

＊

「ユウナー、がんばってぇ！」

「うん、ありがとう！」

メガネをかけたクラス委員長《いいんちょう》の、三田《みた》ユウナだ。

黒板《こくばん》の前《まえ》にでてきたユウナも、やっぱり緊張《きんちょう》しているようだ。

牛乳《ぎゅうにゅう》ビンを持《も》ったふりをしては、逆《ぎゃく》の手《て》を腰《こし》にあて、背中《せなか》をそらせて飲《の》みほすというイメージトレーニングをなんどもなんどもくりかえしていた。

ユウナ、それ、意味《いみ》あるのか？

見《み》ていたオレは少《すこ》し不安《ふあん》になった。

ユウナはものすごくまじめだから、そういう事前《じぜん》の準備《じゅんび》をしっかりする。ときどきまじめすぎてオレたちをびっくりさせることもあるけれど、やさしく、思《おも》いやりのある子《こ》だ。増田先輩《ますだせんぱい》の大《だい》ファンなんだ。

「ユウナは、なにをリクエストしたいんだ？」

オレはマイク代《が》わりの牛乳《ぎゅうにゅう》ビンをむけた。

「去年《きょねん》のクリスマスの給食《きゅうしょく》にでた、イチゴのショートケーキを、わたしはリクエストしたいです」

みんなの前《まえ》だからだろう。あるいは、大好《だいす》きな増田先輩《ますだせんぱい》が見《み》ているからかもしれない。いつもよりもていねいなしゃべり方《かた》で、ユウナはクラスのみんなに説明《せつめい》する。

「去年《きょねん》のクリスマスに、わたしはカゼで学校《がっこう》を休《やす》んでしまいました。給食《きゅうしょく》のこんだて表《ひょう》を見《み》ると、その日《ひ》の給食《きゅうしょく》にはイチゴのショートケーキがでていたんです。すごくくやしくて、カゼが治《なお》ってから、ママにケーキを買《か》ってもらいました。でもっ……」

だんだんしゃべり方《かた》が、演説《えんぜつ》のようになってきた。まじめなユウナのことだから、これも前《まえ》もってきちんと練習《れんしゅう》してきたんだろう。

「ひとりで食《た》べたイチゴのショートケーキは、思《おも》っていたほどおいしくなかったんです。ここで、わたしは気《き》がつきましたっ！」

だんだん熱《あつ》くなってきたユウナの声《こえ》が、どんどん大《おお》きくなってきた。

「わたしは『学校《がっこう》の給食《きゅうしょく》の時間《じかん》に、みんなでケーキを食《た》べたかったんだ』って！　これが今回《こんかい》の『牛乳《ぎゅうにゅう》カンパイ選手権《せんしゅけん》』にわたしがでた理由《りゆう》です。えー、さいごまで聞《き》いてもらって、どうもありがとうございました」

まるで選挙《せんきょ》の演説《えんぜつ》みたいにユウナは説明《せつめい》を終《お》えたので、クラスの中《なか》からは自然《しぜん》と拍手《はくしゅ》がパチパチパチと聞《き》こえてきた。

その拍手《はくしゅ》に、オレはためしに手拍子《てびょうし》をいれてみた。

パチパチパチという拍手《はくしゅ》の音《おと》が、だんだんと手拍子《てびょうし》に変《か》わっていく。

パン・パン・パン・パン！

パン・パン・パン・パン！

「それでは、始《はじ》めます！」

宣言《せんげん》したユウナは、牛乳《ぎゅうにゅう》ビンのキャップをあけた。

手拍子《てびょうし》のみんなと一緒《いっしょ》に、『♪秋《あ〜き》の夕日《ゆうひ》〜に〜』を替《か》え歌《うた》にして歌《うた》い始《はじ》めた。

♫わ〜たしユウナは　ケ〜キがほしい
今年《ことし》こそはと　カゼには注意《ちゅうい》
あまいケ〜キを　みんなで食《た》べる
休《やす》んだ日《ひ》にでた　ショ〜トケ〜キ♫

歌《うた》が終《お》わって、ユウナは牛乳《ぎゅうにゅう》を飲《の》み始《はじ》めた。
さっきのイメージトレーニングどおりに、腰《こし》に手《て》をあて、背中《せなか》をそらせる。
ごく、ごく、ごく、ごく、ごく、ごくっ！
時間《じかん》はかかったけれども、ユウナはなんとか牛乳《ぎゅうにゅう》を飲《の》みほした。
「おお〜、合格《ごうかく》だぁ！」
オレが叫《さけ》ぶと、クラスのみんなは拍手《はくしゅ》を始《はじ》めた。
ところがユウナは「あ」と小《ちい》さな声《こえ》をあげた。

「田中《たなか》くん、わたしは合格《ごうかく》じゃないよ」

「どういうことだよ？　歌《うた》も歌《うた》ったし、牛乳《ぎゅうにゅう》もぜんぶ飲《の》んだじゃないか」

ユウナはオレの目《め》の前《まえ》に、持《も》っていた牛乳《ぎゅうにゅう》ビンを近《ちか》づけた。

「ちょっとだけ、のこってるの」

たしかに牛乳《ぎゅうにゅう》ビンの中《なか》には、ほんの少《すこ》しだけ牛乳《ぎゅうにゅう》がのこっていた。

「でも、ユウナ。1ミリくらい、いいじゃないか」

「1ミリでも、のこってるの。ルールはルールでしょ？」

「うーん、それはそうだけど……」

「ユウナちゃんっ」

キラキラした笑顔《えがお》の増田先輩《ますだせんぱい》が、急《きゅう》にユウナに声《こえ》をかけた。

「は、はひっ♡」

ユウナは緊張《きんちょう》のあまり、「はいっ」といえなかったみたいだ。

「自分《じぶん》の負《ま》けを、誰《だれ》からもいわれないのに認《みと》めてしまうなんて、ふつうはできないよ！

すばらしい！　ユウナちゃんのそういうまじめなところが、ぼくはすごく好《す》きだな」

増田先輩《ますだせんぱい》は立《た》ちあがると、ユウナに近《ちか》づいた。

自分《じぶん》の胸《むね》から、花《はな》を1輪《りん》とってユウナにさしだす。

「次《つぎ》のクリスマスにはぼくと一緒《いっしょ》に、ショートケーキを食《た》べようじゃないかっ」

「は、は、はひっ♡」

カゼでもひいたみたいなぽーっと赤《あか》い顔《かお》のユウナは、花《はな》を手《て》にしてふらふらと、自分《じぶん》の席《せき》へ戻《もど》っていった。

ここまで、ふたり連続《れんぞく》で失格《しっかく》だ。そろそろ合格者《ごうかくしゃ》がでないとまずいよなぁ。

「ミノルもユウナも、がんばったんやけどね。おしかったわ」

この声《こえ》を聞《き》いて、オレはほっとした。

そうだった。3人目《にんめ》には、優勝候補《ゆうしょうこうほ》が登場《とうじょう》するんだった。

「みんな、うちが優勝《ゆうしょう》するから見《み》といてや！」

＊

司会《しかい》のオレが声《こえ》をかける前《まえ》に、難波《なんば》ミナミはすばやく黒板《こくばん》の前《まえ》にやってきた。

「ちゃっちゃとやろか。どうせうちが優勝《ゆうしょう》や」

ミナミは徒競走《ときょうそう》でもやるみたいに、手首《てくび》や足首《あしくび》をほぐしている。

ミナミは親《おや》が近所《きんじょ》で大評判《だいひょうばん》の定《てい》食屋《しょくや》『難波食堂《なんばしょくどう》』をやっている。

その『難波食堂《なんばしょくどう》』を手《て》つだえるくらい料理《りょうり》がとくいな、女子《じょし》の中《ちゅう》心《しん》にいる元気《げんき》なスポーツ女子《じょし》だ。少《すこ》しうっかりしているところもあるけど、オレのライバルを宣言《せんげん》している。

「ミナミは、なにをリクエストしたいんだ？」

「お好《この》み焼《や》きや！」

もともと小学《しょうがく》3年生《ねんせい》まで大阪《おおさか》にいたミナミは、みんなに本場《ほんば》のお好《この》み焼《や》きを食《た》べさせたいと考《かんが》えていた。

「『難波食堂《なんばしょくどう》』のレシピを、特別《とくべつ》に公開《こうかい》したる。うちのオトンとオカンがつくるお好《この》み焼《や》きの次《つぎ》においしいお好《この》み焼《や》きが給食《きゅうしょく》で食《た》べられるなんて、みんなホンマにラッキーやで」

ミナミはすばやく牛乳《ぎゅうにゅう》ビンのキャップをとりはずした。

「ほな、いくで！」

パン・パン・パン・パン！

パン・パン・パン・パン！

おや？　手拍子《てびょうし》とはちがう音《おと》が、聞《き》こえてきたぞ。

シャン・シャン・シャン・シャン！

カッカッカッカ・カッカッカッカ！

タンバリンやカスタネットを、ユウナたち女子《じょし》が速《はや》いリズムで鳴《な》らしていた。
手拍子《てびょうし》や楽器《がっき》の音《おと》にまざりながら、にぎやかなミナミの歌《うた》が始《はじ》まった。

♫♫熱《あ〜つ》い鉄板《てっぱん》　生地《きじ》を流《なが》して
濃《こ》いもうすいも　ソ〜スが命《いのち》
待《ま》てばいよいよ　かえすドキドキ
焼《や》けたらすぐに　めしあがれ♫♫

歌《うた》い終《お》わってすぐ、ミナミは牛乳《ぎゅうにゅう》ビンを持《も》った。
ごくごくごくごくごくごくっ！
さすがは優勝候補《ゆうしょうこうほ》だ。あっというまにミナミは牛乳《ぎゅうにゅう》を飲《の》みきっ……おや？
おかしいぞ。ミナミの動《うご》きが、止《と》まった。
「ぷはぁ！　あかん！　はははははは！」
なんと、あんなにいきおいよく飲《の》んでいたのに！

ミナミは途中《とちゅう》でビンから口《くち》をはなしてわらいだしたんだ。

「ミナミ、どうした？　失格《しっかく》になっちゃったぞ」

まさかミナミまで失格《しっかく》になるとは思《おも》わなかった。

でも、なにか、変《へん》だったな。

ここで、わらい顔《がお》をひっこめたミナミは、教室《きょうしつ》の一番《いちばん》うしろをキッとにらんだ。

「どあほ！　なにしてくれてんねん！　お前《まえ》を見《み》たら、わらってもうたわ！」

ミナミのにらんだ先《さき》には、大久保《おおくぼ》ノリオがいた。

ノリオは1輪《りん》の花《はな》を口《くち》にくわえ、カスタネットをたたきながら、大《おお》きな体《からだ》からは想像《そうぞう》もつかないメチャクチャな速《はや》さで踊《おど》っていた。


「おしかったな、ミナミ。せっかくオレが、応援《おうえん》の踊《おど》りを踊《おど》ってやったのに」

「応援《おうえん》やて？　うちの失格《しっかく》は、お前《まえ》のその踊《おど》りせいや！」

「敵《てき》のミナミまで応援《おうえん》するなんて、やっぱりオレはやさしいぜ！」

自分《じぶん》は「やさしい」んだと、ノリオは信《しん》じている。けど、そのやさしさがメチャクチャで、かえっていやがらせになってしまっていることがよくある。

ミノルなんか転入初日《てんにゅうしょにち》にきらいな牛乳《ぎゅうにゅう》を無理《むり》やり飲《の》まされかけてたいへんだった。いまだって変《へん》てこな踊《おど》りのせいで、ミナミは失格《しっかく》になってしまった。

それでも、ノリオに悪気《わるぎ》はない。

本当《ほんとう》に、誰《だれ》かのためを思《おも》っている。

いつも鼻毛《はなげ》が「コンニチハ☺」とでていることが多《おお》いけど、今日《きょう》のノリオはめずらしく、鼻《はな》からはみでていなかった。

怒《おこ》った様子《ようす》のユウナが、ノリオに近《ちか》づく。

「ノリオくん、ミナミのジャマをするなんてひどい！」

「ジャマじゃない。応援《おうえん》の踊《おど》りだ」

「あと、カスタネットと、増田先輩《ますだせんぱい》からもらったお花《はな》をかえして！」

1輪《りん》の花《はな》とカスタネットは、ユウナからうばったものみたいだった。

ユウナは「かえして！」とはいったけど、大好《だいす》きな増田先輩《ますだせんぱい》からもらった花《はな》をノリオが口《くち》にくわえていたことを思《おも》いだして、いまにも泣《な》きだしそうだ。

「「ノリオ、サイテー！」」

「なんだよ、うるせぇなぁ」

女子《じょし》たちからの文句《もんく》が飛《と》ぶ中《なか》、ノリオはのしのしと黒板《こくばん》の前《まえ》へやってきた。

じつはこのノリオが、４番目《ばんめ》の挑戦者《ちょうせんしゃ》なんだ。

オレは女子《じょし》たちをおちつかせてから、ノリオに牛乳《ぎゅうにゅう》ビンのマイクをむけた。

「ノリオは、なにをリクエストしたいんだ？」

女子《じょし》たちからまだ飛《と》んでくる文句《もんく》をまったく気《き》にせずに、ノリオは胸《むね》をはった。

「テリヤキハンバーガーセットだ」

「は？」

オレは思《おも》わず聞《き》きかえしてしまったが、ノリオは本気《ほんき》だった。

「聞《き》け、田中《たなか》。オレはな、いままで給食《きゅうしょく》で食《く》ったことのないものを真剣《しんけん》に考《かんが》えたんだ。刺身《さしみ》とかスシとか生《なま》ものはぜったいに給食《きゅうしょく》には無理《むり》だって、栄養《えいよう》の先生《せんせい》に聞《き》いた。じゃあ、火《ひ》を通《とお》したものならいい。そう思《おも》ったんだ」

ノリオの行動《こうどう》には、予想《よそう》がつかない。

「お、おい。ノリオ。セットっていうのはなんだよ？」

「セットはセットだよ。コーラとかフライドポテトとかチキンナゲットとか、ついてくるだろ。田中《たなか》、まさかセットを知《し》らないわけじゃねーだろ？」

ノリオは駅前《えきまえ》にあるファーストフード店《てん》・御石井《おいしい》バーガーのテリヤキハンバーガーセットを、給食《きゅうしょく》でリクエストするつもりだった。とんでもないヤツだ。

「さぁ、みんな。手拍子《てびょうし》をたのむぞ！」


パン・パン・パン・パン！

パン・パン・パン・パン！


主《おも》にクラスの男子《だんし》の手拍子《てびょうし》に合《あ》わせて、ノリオの歌《うた》が始《はじ》まった。

でもその歌《うた》は、メロディなんかほとんど無視《むし》した、ただの叫《さけ》び声《ごえ》だったんだ。

♫♫飽《あ》～きるほど食《た》べたい　テリヤキハンバーガーセット！
氷《こおり》でうすいコーラも大好《だいす》き　数《かず》ある氷《こおり》をバリバリバリバリ食《く》う！

そしてポテトだ！　ケチャップもマスタードもたっぷりつけた芋《いも》・芋《いも》・芋《いも》！

さあ駅前《えきまえ》ファーストフード店《てん》の　テリヤキハンバーガーを食《た》べようぜ♫

歌《うた》でもないムチャクチャな叫《さけ》び声《ごえ》が終《お》わってから、ノリオは牛乳《ぎゅうにゅう》を飲《の》み始《はじ》めた。

そのとき、ミノルが気《き》づいた。

「で、で、で……、でてるーっ！」

さらにミノルはつっこんだ。

「は、鼻毛《はなげ》が、両方《りょうほう》から、でてるよーっ！」

なんだってっ？

さっき、かくにんしたときには、ノリオの鼻《はな》から鼻毛《はなげ》ははみでていなかったはずだ。

「……あ。ウソだろぉっ？」

オレは自分《じぶん》の目《め》を疑《うたが》った。でてた。ノリオの鼻《はな》から、でてたんだ！

ビンにはいった牛乳《ぎゅうにゅう》を飲《の》むとき、どうしたって顔《かお》は上《うえ》をむく。

するとノリオの鼻《はな》の穴《あな》は、もちろん、みんなから丸見《まるみ》えだ。

牛乳《ぎゅうにゅう》を飲《の》むノリオが顔《かお》を上《うえ》にむければむけるほど、奥《おく》にかくれていたはずの鼻毛《はなげ》が、黒《くろ》い悪魔《あくま》みたいにどんどん「コンニチハ☺」していくんだ。

口《くち》で息《いき》ができないぶん、ノリオの鼻毛《はなげ》はチロチロと鼻息《はないき》でゆれている。

ここで。

「ぶーっ！」

うわあああああああ！

「ノリオが牛乳《ぎゅうにゅう》をふいたぞーっ！」

ノリオは自分《じぶん》のことなのに、本《ほん》当《とう》に楽《たの》しそうにわらいだした。

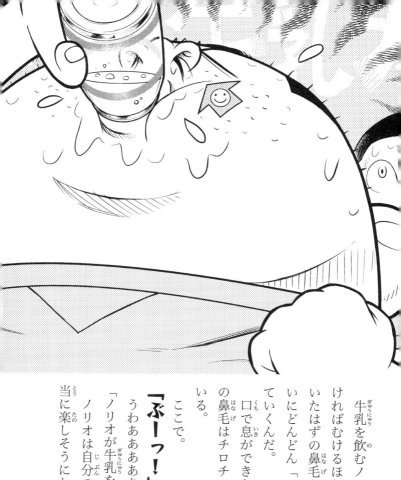

「うはははは。鼻毛《はなげ》、鼻毛《はなげ》！　うはははは！」

ビン入《い》り牛乳《ぎゅうにゅう》は、飲《の》むだけでノドがなんだかくすぐったくなる。

だから「鼻毛《はなげ》」なんてしょうもない言葉《ことば》ひとつでも、大《おお》わらいしてしまうんだろう。

「誰《だれ》か！　誰《だれ》かぞうきんを持《も》ってきてぇ！」

「こら、ノリオ！　いつまでもわらってないで、お前《まえ》もぞうきんでふけよ！」

「うわー、もったいねーなー」

「「ノリオ、サイテー！」」

オレは頭《あたま》をかかえてしまった。メチャクチャじゃないか。

もちろんノリオも、失格《しっかく》だ。


オレはすっかり、困《こま》っていた。

「全員失格《ぜんいんしっかく》かぁ。しかも……」

クラスの女子《じょし》たちは、ものすごく怒《おこ》っていたんだ。

「「ノリオ！　ミナミとユウナにあやまってよ！」」

「なんでだよっ」

ノリオは反論《はんろん》した。

「オレは応援《おうえん》をしただけだっ。あやまることなんかねぇ！」

女子《じょし》たちはノリオに文句《もんく》をいい、他《ほか》の男子《だんし》はそれをわらいながら見《み》ていた。

すると今度《こんど》は「ふざけないで！」と、女子《じょし》たちはわらう男子《だんし》を怒《おこ》り始《はじ》める。

みるみるうちに――。

男子《だんし》と女子《じょし》のいいあいが、だんだんはげしくなってきた。

そしてとうとう、5年《ねん》1組《くみ》はギスギスした空気《くうき》の中《なか》で、男女《だんじょ》でまっぷたつになってしまったんだ。

すると、この様子《ようす》を見《み》ていた増田先輩《ますだせんぱい》がつぶやいた。

「おやおや。男子《だんし》と女子《じょし》のケンカが始《はじ》まってしまったようだ。これは困《こま》ったな」

それからしばらく、モメるクラスを見《み》つめたあとで、クラスのみんなに呼《よ》びかけた。

「それではみんな。いまから『牛乳《ぎゅうにゅう》カンパイ選手権《せんしゅけん》』の、勝者《しょうしゃ》を発表《はっぴょう》するよ」

「え、先輩《せんぱい》？」

なんで、こんなタイミングで発表《はっぴょう》を？

そもそも挑戦《ちょうせん》した4人《にん》は、みんな失格《しっかく》したんだ。

オレはこのとき先輩《せんぱい》がなにを考《かんが》えているのか、まったくわかっていなかった。

「リクエスト給食《きゅうしょく》のメニューを選《えら》べる『牛乳《ぎゅうにゅう》カンパイ選手権《せんしゅけん》』の勝者《しょうしゃ》、それは……」

みんなの注目《ちゅうもく》の中《なか》で、先輩《せんぱい》はつづけた。

「田《た》中《なか》くんだ」

「へ？」

「どうして？」

「田中《たなか》は、司会《しかい》じゃないのか？」

さっきまでモメていたクラスだけれど、みんなは「なんだそれ？」と疑問《ぎもん》の表情《ひょうじょう》になってかたまった。オレだってそうだ。

「あの、先輩《せんぱい》。いったいどういう考《かんが》えなのか、教《おし》えてもらえませんか？」

先輩《せんぱい》はこたえる。

「挑戦《ちょうせん》した４人《にん》は、みんな失格《しっかく》してしまった。司会《しかい》とはいえ、きちんとカンパイ音頭《おんど》ができたのは、さいしょにお手本《てほん》を見《み》せた田中《たなか》くんだけだっただろう？」

「たしかに、そうですけど……」

なんだそれは？

ムチャクチャじゃないか。

でも増田先輩《ますだせんぱい》は、そんなムチャクチャなことを、理由《りゆう》なくいうひとではない。

オレは、増田先輩《ますだせんぱい》にはなにか目的《もくてき》があるんだと思《おも》って、考《かんが》えた。

するとここで。

「なぁ、田中《たなか》くん」

増田先輩《ますだせんぱい》は、オレにむけて人指《ひとさ》し指《ゆび》を立《た》てたんだ。

「『第《だい》1回《かい》・牛乳《ぎゅうにゅう》カンパイ選手権《せんしゅけん》』は、なかなか楽《たの》しかったね」

それからピースの形《かたち》にして、オレに見《み》せた。

「それじゃあ、またね」

増田先輩《ますだせんぱい》はそういうと、自分《じぶん》のクラスへ帰《かえ》っていった。

「ん？　いまのはなんだ？」

気《き》になった。

ぜったいに増田先輩《ますだせんぱい》は、オレになにかを伝《つた》えようとしていた。

「だって、増田先輩《ますだせんぱい》はいつもの『ごきげんよう！』ではなくて、『またね』といって帰《かえ》っていったじゃないか」

なんだか、おかしいぞ。

「なんでだろう？」

オレが首《くび》をかしげる横《よこ》で、クラスではまた女子《じょし》と男子《だんし》がケンカを始《はじ》めた。

ケンカする声《こえ》が聞《き》こえる中《なか》、オレは自分《じぶん》でも人指《ひとさ》し指《ゆび》を立《た》ててから、右手《みぎて》でピースをつくってみた。

「……ああっ。そういうことかぁっ！」

オレは自分《じぶん》の２本《ほん》の指《ゆび》を見《み》おろしながら、増田先輩《ますだせんぱい》のいいたかったことに気《き》がついたんだ。

「みんな、聞《き》いてくれっ」

オレが声《こえ》をあげると、ケンカしていた男子《だんし》も女子《じょし》もオレのほうをむいた。

「リクエスト給食《きゅうしょく》のメニュー決《ぎ》めは、増田先輩《ますだせんぱい》の決定《けってい》どおりに、オレにやらせてくれ！」

増田先輩《ますだせんぱい》は、男子《だんし》と女子《じょし》を仲《なか》なおりさせるヒントを、オレに置《お》いていってくれたんだ！


翌日《よくじつ》の、給食《きゅうしょく》の時間《じかん》に。

5年《ねん》1組《くみ》の給食《きゅうしょく》には、オレのリクエストした『牛乳《ぎゅうにゅう》』100本《ぽん》がとどけられた。

男子《だんし》と女子《じょし》のケンカはまだおさまっていなかったけど、大量《たいりょう》の牛乳《ぎゅうにゅう》がとどけられたのを見《み》たみんなは、目《め》を丸《まる》くしておどろいていた。

「へえ。田中《たなか》くんは、『牛乳《ぎゅうにゅう》』をリクエストしたんだね」

ミノルは感心《かんしん》しながら、ケースにはいってつみあげられた牛乳《ぎゅうにゅう》の山《やま》を見《み》あげる。

オレはその牛乳《ぎゅうにゅう》の山《やま》の前《まえ》で、大《おお》きく声《こえ》をあげた。

「第《だい》2回《かい》 ゴクゴク！ 5年《ねん》1組《くみ》・牛乳《ぎゅうにゅう》カンパイ選手権《せんしゅけん》スタート！」

きょとんとするクラスのみんなに、オレはつづけた。

「男子《だんし》と女子《じょし》のケンカは、『第《だい》2回《かい》・牛乳《ぎゅうにゅう》カンパイ選手権《せんしゅけん》』で決着《けっちゃく》をつけようぜ！」

イベント好《ず》きのミナミとノリオが、すぐに反応《はんのう》してくれた。

「せやな。まだ、ノリオにあやまってもらってへんし、ケンカはあかんけど、勝負《しょうぶ》はかまへんで！」

「ふむ。このままいい合《あ》っていてもしかたがないしな。わかった、ミナミ。オレが勝《か》ったらもう文句《もんく》はいうんじゃねーぞ」

女子代表《じょしだいひょう》のミナミと男子代表《だんしだいひょう》のノリオが1対《たい》1で勝負《しょうぶ》することに決《き》まった。

するとクラスのみんなは男子《だんし》も女子《じょし》も、歓声《かんせい》をあげてこの状況《じょうきょう》を楽《たの》しみ始《はじ》めたんだ。

よし！

オレは心《こころ》の中《なか》で、大《おお》きくガッツポーズをしていた。

オレや増田先輩《ますだせんぱい》の、ねらいどおりになったじゃないか。

第《だい》2回《かい》・牛乳《ぎゅうにゅう》カンパイ選手権《せんしゅけん》をすれば、みんなでカンパイをしていくうちに、ケンカはおさまり、また仲《なか》よくなっていくはずだ。

そう考《かんが》えていたオレは、ひとりでこっそり安心《あんしん》していた。

「ねぇ、田中《たなか》くん」

ミノルが声《こえ》をかけてきた。

「男子《だんし》と女子《じょし》を仲《なか》なおりさせるために、田中《たなか》くんは『牛乳《ぎゅうにゅう》』をたくさんリクエストしたんでしょ？」

おどろいた。

こっそりやったつもりだったが、ミノルだけは、オレの考《かんが》えをわかっていたみたいだ。

「給食《きゅうしょく》を一緒《いっしょ》に食《た》べて、みんなでカンパイしてたら、楽《たの》しくてケンカなんか忘《わす》れちゃうもんね」

「ミノル、なんだよそれ？　ははははは。そんなことないってば」

オレはそんなふうにすっとぼけてから、マイク代《が》わりの牛乳《ぎゅうにゅう》ビンをにぎった。

「お前《まえ》らぁ、ちゅうもーく！」

『『うおーっ！』』

男子《だんし》も女子《じょし》も、気合《きあ》い十分《じゅうぶん》。

「よーし、みんなぁ。まずは、今日《きょう》のカンパイをしようぜ！」

オレは牛乳《ぎゅうにゅう》ビンを持《も》つと、クラスのみんなに呼《よ》びかけた。

「今日《きょう》もみんな一緒《いっしょ》に給食《きゅうしょく》が食《た》べられることに……」

『『カンパイーー！』』

それまでのケンカがウソみたいだった。

元気《げんき》にカンパイをするみんなは、もう、楽《たの》しそうにわらっていたんだ。

待《ま》ってろ ソラ
兄《にい》ちゃんが 必《かなら》ず また 歩《ある》けるように してあげるから…！
生《い》き残《のこ》りゲーム
ラストサバイバル
サバイバル正座《せいざ》！ 最後《さいご》まで座《すわ》れるのはだれだ!?
作《さく》・大久保開《おおくぼひらく》 絵《え》・北野詠一《きたのえいいち》
さくらいソラ
桜井リク

サバイバル正《せい》座《ざ》に でてくるキャラクター

朱《す》堂《どう》ジュン

運動神経《うんどうしんけい》バツグンで
明《あか》るく、頭《あたま》のいい優等生《ゆうとうせい》。

桜《さくら》井《い》リク

少《すこ》し気弱《きよわ》な妹想《いもうとおも》いの
やさしい小学《しょうがく》6年生《ねんせい》

山《やま》本《もと》ゲンキ

友達想《ともだちおも》いの
明《あか》るいムードメーカー。

新《しん》庄《じょう》ツバサ

いつもクールな
茶髪《ちゃぱつ》のイケメン。

ラストサバイバル
桜《さくら》井《い》ソラ
リクの妹《いもうと》。
ミスターL《エル》
本編《ほんぺん》に登場《とうじょう》するラストサバイバルの大会《たいかい》主催者《しゅさいしゃ》。世界一幸運《せかいいちこううん》で大金持《おおがねも》ちな謎《なぞ》の男《おとこ》。
本編《ほんぺん》のラストサバイバルには
ほかにもいろんな
キャラクターが登場《とうじょう》するゾ!

やあみんな、こんにちは。
『ラストサバイバル』の主催者《しゅさいしゃ》、ミスターL《エル》だよ。

『ラストサバイバル』
っていうのは全国《ぜんこく》から集《あつ》めた子供達《こどもたち》を
最後《さいご》の一人《ひとり》になるまで競《きそ》わせる大会《たいかい》でね、
その大会《たいかい》で優勝《ゆうしょう》すればなんでも願《ねが》いがかなうんだ。

すごいだろう？

前回開催《ぜんかいかいさい》した
『サバイバルウォーク』では、
桜井《さくらい》リクっていう男《おとこ》の子《こ》が
優勝《ゆうしょう》したんだ。

そんなリク君《くん》だけど、今日《きょう》は
友達《ともだち》と家《いえ》である勝負《しょうぶ》を
することになったらしい。

勝負《しょうぶ》は、だれが一番長《いちばんなが》く
正座《せいざ》をしていられるかを競《きそ》う
『サバイバル正座《せいざ》』

さてさて、だれが勝《か》つかじっくり
見《み》てみようじゃないか…!!

『だれが一番長《いちばんなが》く正座《せいざ》をしていられるか』


そんな馬鹿《ばか》な勝負《しょうぶ》をするのは、これっきりにしようと僕《ぼく》は思《おも》った。

どうしてとつぜんそんなことを思《おも》ったのかというと、現《げん》に僕《ぼく》はいま、そういう勝負《しょうぶ》をしている最中《さいちゅう》だからだ。

僕《ぼく》の名前《なまえ》は桜井《さくらい》リク。寒《さむ》いより暑《あつ》いほうが得意《とくい》な小学《しょうがく》6年生《ねんせい》。

そんな僕《ぼく》はいま、友達《ともだち》の家《いえ》で正座《せいざ》をしている。

正座《せいざ》しているのは僕《ぼく》だけじゃない。

となりでは友達《ともだち》のゲンキ君《くん》とツバサ君《くん》が僕《ぼく》と同《おな》じように正座《せいざ》をしている。

別《べつ》にだれかに怒《おこ》られているわけじゃないし、なにかに緊張《きんちょう》しているわけでもない。


『サバイバル正座《せいざ》』

それが僕達《ぼくたち》のしている勝負《しょうぶ》の名前《なまえ》だ。

サバイバル正座《せいざ》のルールは単純《たんじゅん》、『先《さき》に足《あし》をくずした人《ひと》の負《ま》け』だ。

そしてそのなかで一番《いちばん》長《なが》く正座《せいざ》をしていた人《ひと》が、サバイバル正座《せいざ》の勝者《しょうしゃ》となる。

正座《せいざ》を始《はじ》めてから、すでに3時間《じかん》以上《いじょう》過《す》ぎていた。

あたりまえだけどこんな長《なが》いあいだ正座《せいざ》をしたことなんて僕《ぼく》にはない。

あるとしてもせいぜい10分《ぷん》とか15分《ふん》ぐらいで、3時間《じかん》なんてやったことがない。

足《あし》の裏《うら》はじんじんにしびれているし、太《ふと》もものあたりがかなり痛《いた》くなっている。

「どうしたリク？　もう限界《げんかい》か？」

そんなことを思《おも》っていると、ゲンキ君《くん》が声《こえ》をかけてきた。

いつもだったら耳《みみ》をふさぎたくなるようなゲンキ君《くん》の声《こえ》が、いまではすっかりおちついたものになっている。

ゲンキ君《くん》は、今回《こんかい》のお泊《と》まり会《かい》を企画《きかく》した男《おとこ》の子《こ》で、いま僕達《ぼくたち》がやっている『サバイバル正座《せいざ》』を提案《ていあん》した張本人《ちょうほんにん》でもある。

つまり、いま僕達《ぼくたち》がこんなことをしているのは、ぜんぶゲンキ君《くん》のせいってことだ。

「そういうおまえのほうこそ限界《げんかい》なんじゃねえのかゲンキ？」

ゲンキ君《くん》の言葉《ことば》を聞《き》いて、ツバサ君《くん》が顔《かお》をあげながら言《い》った。

髪《かみ》は茶髪《ちゃぱつ》で、身長《しんちょう》は僕《ぼく》よりちょっと高《たか》いぐらい。目《め》つきが悪《わる》くて、だまっているとちょっとこわい感《かん》じがするけど、それが逆《ぎゃく》にクールな感《かん》じに見《み》えたりもする。それがツバサ君《くん》だ。

いまやっている『サバイバル正《せい》座《ざ》』を考《かんが》えたのはゲンキ君《くん》だけど、たぶん一番《いちばん》この勝負《しょうぶ》に対《たい》して真剣《しんけん》なのはツバサ君《くん》だったりする。

「なに言《い》ってんだツバサ、俺《おれ》はまだまだよゆうだぜ。なんならこの状態《じょうたい》でダンスでもしてやろうか？」

正座《せいざ》をした状態《じょうたい》で、どうやってダンスをするんだろう？

僕《ぼく》もツバサ君《くん》もそれが気《き》になってゲンキ君《くん》のほうを見《み》ていると、ゲンキ君《くん》は正座《せいざ》をした状態《じょうたい》のまま、上半身《じょうはんしん》だけをカクカクと動《うご》かしはじめた。

「ロボットダンスじゃねーか！　それだったら俺《おれ》でもできるわ！」

それを見《み》たツバサ君《くん》が、すかさずツッコミをいれる。

すると、ゲンキ君《くん》はその反応《はんのう》を待《ま》っていたように、こっちをむいてにやりと笑《わら》う。

「お？　言《い》ったな？　じゃあ次《つぎ》はツバサがやってみせてくれよ」

「……あ？」

「できるんだったらやってみせてくれよ。リクも見《み》たいよな？」

ゲンキ君《くん》にそう言《い》われたけど、僕《ぼく》はすぐに答《こた》えることはできなかった。

正直《しょうじき》、ツバサ君《くん》のロボットダンスはかなり見《み》てみたい。

だけどそう言《い》ったら、ツバサ君《くん》が不機嫌《ふきげん》になることは目《め》に見《み》えている。

けど、見《み》たい。

そんなことを考《かんが》えていると、ツバサ君《くん》が僕《ぼく》のほうを見《み》て、なにかを思《おも》いついたような表《ひょう》情《じょう》をうかべた。

「……あー、そうだな。じゃあ、リクがやったら俺《おれ》もやってやるよ」

「え？」

と、僕《ぼく》がおどろくとツバサ君《くん》はふふん、と完全《かんぜん》に安心《あんしん》しきったような表情《ひょうじょう》をうかべた。

「ああうん……別《べつ》にいいけど」

「なに？」

「えっと、ロボットダンスだよね？　あんまりうまくはないと思《おも》うんだけど……」

「いや、待《ま》てリク。やりたくないんなら無理《むり》にやらなくてもいいんだぞ？」

「別《べつ》に無理《むり》はしてないよ？　そりゃ、街中《まちなか》でいきなりやれって言《い》われたらいやだけど、僕《ぼく》達《たち》しかいないし……」

「いやいや、おちついて考《かんが》えてみろ。たとえばそう……この部屋《へや》に隠《かく》しカメラがしかけられていて全世界《ぜんせかい》に放送《ほうそう》されている可能性《かのうせい》だってゼロじゃないんだ」

「ツバサ君《くん》がおちついてよ、そんなことあるわけないじゃない……」

なんだかここまで必死《ひっし》になっているツバサ君《くん》を見《み》ると、少《すこ》しかわいそうになってきた。

一方《いっぽう》ゲンキ君《くん》はそんなツバサ君《くん》を見《み》て、ゲラゲラと笑《わら》っている。

「いや……ごめん、僕《ぼく》が悪《わる》かったよ。ロボットダンスはやらないからさ」

と、僕《ぼく》が言《い》うとツバサ君《くん》の顔《かお》がパッと明《あか》るくなった。

「そうか、そりゃ残念《ざんねん》だ。リクがやらねえってことは、俺《おれ》もやらねえからな」

残念《ざんねん》だ、と言《い》っているけど、ツバサ君《くん》の声《こえ》はかなりうれしそうだ。

そんなに踊《おど》りたくないなら、最初《さいしょ》から言《い》わなければいいのに……と思《おも》うんだけど、けっきょくなにも言《い》わないことにした。

そんなこと言《い》ったら僕《ぼく》だって『そんなに座《すわ》りたくないなら、最初《さいしょ》からこんな勝負《しょうぶ》しなければよかったんだ』っていうことになってしまう。

そもそもどうして、こんな勝負《しょうぶ》をしようということになったのか？

きっかけは今日《きょう》の朝《あさ》に、プリンがひとつだけあまったことだった。

「いや、これ冗談《じょうだん》ぬきでかなりうまいな」

ゲンキ君《くん》の家《いえ》に泊《と》まりにきて二日目《ふつかめ》の朝《あさ》、デザートとしてだされたプリンを食《た》べている最中《さいちゅう》、ツバサ君《くん》がそんなことをつぶやいた。

「うん、ふつうのプリンより濃厚《のうこう》な感《かん》じがするよね」

ツバサ君《くん》の言《い》うとおり、いま食《た》べているプリンはかなりおいしかった。口当《くちあ》たりがなめらかで、味《あじ》も卵《たまご》の風味《ふうみ》がぎゅっとつまっている感《かん》じがする。

「はっはっはっ、恐《おそ》れ入《い》ったか！」

「なんでおまえがそんなじまんげなんだよ……」

ゲンキ君《くん》の言葉《ことば》に対《たい》して、ツバサ君《くん》があきれたようにつぶやいたけど、プリンを食《た》べる手《て》は止《と》まらない。

「でも、本当《ほんとう》にこれおいしかったよ」

そして僕《ぼく》のとなりでは、ソラが満足《まんぞく》そうな笑《え》みをうかべていた。

ソラは僕《ぼく》の妹《いもうと》で、いま集《あつ》まっている僕達《ぼくたち》のなかでは唯一《ゆいいつ》の女《おんな》の子《こ》だ。

本当《ほんとう》はもう一人《ひとり》、朱堂《すどう》さんっていう女《おんな》の子《こ》がくるんだけど、今日《きょう》から合流《ごうりゅう》することになっているから、いまこの場《ば》にはいない。

僕《ぼく》、ソラ、ツバサ君《くん》、ゲンキ君《くん》、朱堂《すどう》さん。それが今回《こんかい》のお泊《と》まり会《かい》で集《あつ》まるメンバーだ。

ソラとゲンキ君《くん》はもうプリンを食《た》べ終《お》えていたけど、僕《ぼく》とツバサ君《くん》は一気《いっき》に食《た》べるのがもったいなくて、いまだに少《すこ》しずつプリンを食《た》べている。

「お兄《にい》ちゃん、ちょっと私《わたし》トイレ行《い》ってくるね」

待《ま》っていることに飽《あ》きたのか、ソラがそう言《い》ってリビングからでていった。

「あん？　つーかプリンが1個《こ》あまったな」

「朱堂《すどう》の分《ぶん》だろ？」

「いや、朱堂《すどう》の分《ぶん》は朱堂《すどう》の分《ぶん》であっから、やっぱひとつ多《おお》いな」

本当《ほんとう》に？　と思《おも》いながら僕《ぼく》とツバサ君《くん》はゲンキ君《くん》の持《も》っている箱《はこ》のなかをのぞいてみる。

するとそこには、2つのプリンがはいっていた。

片方《かたほう》は今日《きょう》から合流《ごうりゅう》する朱堂《すどう》さんの分《ぶん》で、もう片方《かたほう》は本当《ほんとう》にあまったんだろう。

するとゲンキ君《くん》は箱《はこ》のなかからふい、と顔《かお》をあげて僕達《ぼくたち》のほうを――正確《せいかく》には僕達《ぼくたち》が食《た》べている途中《とちゅう》のプリンを見《み》たあとで、箱《はこ》のなかにはいっているプリンに手《て》をのばした。

「おまえらいま食《く》ってるし、俺《おれ》が食《く》っていいか？」

「いや、ちょっと待《ま》て！」

ツバサ君《くん》の口《くち》から予想外《よそうがい》に大《おお》きな声《こえ》がでて、リビング中《じゅう》が一気《いっき》に静《しず》かになる。

「なんだツバサ、おまえもこれ食《く》いたいのか？」

ゲンキ君《くん》がそう聞《き》くと、ツバサ君《くん》はなんとも言《い》えない表情《ひょうじょう》をうかべながら、目線《めせん》をゆっくりとゲンキ君《くん》からはずした。

「……いや、俺《おれ》はその……食《く》いてえっていうか……」

なにかをつぶやいたあと、ツバサ君《くん》はものすごいいきおいで持《も》っていたプリンを食《た》べはじめた。そして、プリンをぜんぶ食《た》べ終《お》えたあとで、吹《ふ》っきれたように声《こえ》をだす。

「ああそうだよ！　俺《おれ》も食《く》いてえよ、なんか文句《もんく》あるか！」

ツバサ君《くん》の変《か》わりようを見《み》て、ゲンキ君《くん》がゲラゲラと笑《わら》う。

「別《べっ》に文句《もんく》なんかねえよ。でもあれだな。俺《おれ》もこのプリン食《く》いてえんだよな」

さてどうしたもんかな、とゲンキ君《くん》はなにかを考《かんが》えはじめた。そして数秒後《すうびょうご》、ちょうど僕《ぼく》がプリンを食《た》べ終《お》えるぐらいのタイミングで、ゲンキ君《くん》がパッと顔《かお》をあげる。

「ああそうだ、じゃあ勝負《しょうぶ》しようぜ」

「勝負《しょうぶ》？　じゃんけんでもすんのか」

ツバサ君《くん》の言葉《ことば》に、ゲンキ君《くん》が人差《ひとさ》し指《ゆび》を横《よこ》にふった。

「いや、じゃんけんじゃねえ。いまからやる勝負《しょうぶ》は、名付《なづ》けて『サバイバル正座《せいざ》』だ」

「サバイバル正座《せいざ》？」

「ルールは単純《たんじゅん》。みんな同時《どうじ》に正座《せいざ》を始《はじ》めて、先《さき》に足《あし》をくずしたやつの負《ま》けって勝負《しょうぶ》だ」

どうだ、おもしろそうだろ？　とゲンキ君《くん》が笑《わら》う。

だけど、横《よこ》から聞《き》いていた僕《ぼく》にとってはなにがおもしろそうなのかがわからなかった。

正座《せいざ》なんておばあちゃん家《ち》とかで線香《せんこう》をあげるときにするぐらいで、そんなに長《なが》くはしたことがない。

「上等《じょうとう》だ、その勝負《しょうぶ》のったぜ」

なんてことを考《かんが》えていると、ツバサ君《くん》がずい、と身《み》をのりだしてそんなことを言《い》った。

「お、そうか。じゃあリクもやるよな？」

そして、それを聞《き》いたゲンキ君《くん》が笑《わら》いながら僕《ぼく》のほうを見《み》てくる。

「えんりょすんなって、俺《おれ》とツバサだけで勝負《しょうぶ》するのもつまんねーからよ。ツバサもそれでいいよな？」

「え？　いや、僕《ぼく》は……」

と、ゲンキ君《くん》は言《い》ったけど、ツバサ君《くん》の表情《ひょうじょう》は心《こころ》なしか複雑《ふくざつ》そうだ。

「……まあ、別《べつ》にいいんじゃねえのか？　負《ま》ける気《き》はしねえけどな」

「よっしゃあ、じゃあ俺《おれ》の部屋《へや》に行《い》くぞ。サバイバル正座《せいざ》の開幕《かいまく》だ」

そういうことがあって、僕達《ぼくたち》はサバイバル正座《せいざ》をすることになったんだ。


サバイバル正座《せいざ》が始《はじ》まって、1時間《じかん》が経過《けいか》した。

部屋《へや》のなかでは僕達《ぼくたち》三人《にん》が正座《せいざ》していて、その横《よこ》でソラが眠《ねむ》っている。

ソラは僕達《ぼくたち》がサバイバル正座《せいざ》を始《はじ》めてすぐトイレからもどってきたんだけど、それからなにもやることがないということで眠《ねむ》ってしまったのだ。

しかたがないと言《い》えばしかたがない。

実《じつ》は僕達《ぼくたち》は昨日《きのう》の夜《よる》、かなりおそくまでゲームをして遊《あそ》んでいた。
僕達《ぼくたち》は別《べつ》に眠《ねむ》くはないけど、ソラにとってはまだまだ寝《ね》たりないはずだ。
部屋《へや》のなかは、静《しず》かだった。
時計《とけい》の針《はり》の音《おと》が、カチコチと規則正《きそくただ》しく聞《き》こえてくる。
その時計《とけい》の針《はり》の音《おと》にあわせて、指先《ゆびさき》がトクトクと脈打《みゃくう》っているのがわかる。
指先《ゆびさき》だけじゃない、意識《いしき》をすれば体中《からだじゅう》どこからもトクトクという音《おと》が聞《き》こえてくる。
いや、音《おと》というよりも振動《しんどう》だ。
息《いき》を止《と》めればその振動《しんどう》がはっきりとわかる。
ちょっと息《いき》を吸《す》う。
のどの奥《おく》で息《いき》を止《と》める。
息《いき》を止《と》めても、数秒《すうびょう》はその振動《しんどう》は伝《つた》わってこない。
5秒《びょう》か10秒《びょう》、それぐらいたったところで、ほんのうっすら振動《しんどう》が伝《つた》わってくる。
それが時計《とけい》の針《はり》の音《おと》より少《すこ》し速《はや》かったり、少《すこ》しおそかったりする。
しだいに息苦《いきぐる》しくなってきて、ふう、と息《いき》をはく。

ゆっくりと息《いき》をはきだすと、胸《むね》のあたりが少《すこ》しだけきゅうっとなる。
その微妙《びみょう》な感覚《かんかく》が、なんというか少《すこ》し気持《きも》ちよかった。
何回《なんかい》かそれをくりかえしてみる。
息《いき》を吸《す》う。
息《いき》をはく。
胸《むね》のあたりがきゅうっとなる。
吸《す》う。
はく。
きゅうっ。
吸《す》う。
はく。
きゅうっ。
なんか楽《たの》しくなってきた。
授業中《じゅぎょうちゅう》ヒマなとき、何秒《なんびょう》息《いき》を止《と》められるかっていうのを時々《ときどき》やるけど、そういうのとはちょっとちがう。
学校《がっこう》じゃこんなにおちついていられない。
学校《がっこう》じゃなくて、友達《ともだち》の家《いえ》だからこんなにおちついていられるんだ。
そう考《かんが》えて、僕《ぼく》はハッとした。
そうだ、僕《ぼく》はいま友達《ともだち》の家《いえ》に遊《あそ》びにきているんだ。
友達《ともだち》の家《いえ》に遊《あそ》びにきて、なんでこんな坐禅《ざぜん》みたいなことをしなくちゃいけないのか。
こんな勝負《しょうぶ》を思《おも》いつくゲンキ君《くん》もゲンキ君《くん》だけど、それに付《つ》きあう僕《ぼく》も僕《ぼく》だ。
そう思《おも》いながら、僕《ぼく》はゲンキ君《くん》のほうをむく。

「―――っ!」

だけど、ゲンキ君《くん》のほうをむいた瞬間《しゅんかん》、僕《ぼく》は言葉《ことば》を失《うしな》った。
ゲンキ君《くん》の背筋《せすじ》が、おどろくほどピンとのびていたからだ。
ふだんのふざけた様子《ようす》からは想像《そうぞう》もできない。

目《め》を閉《と》じて座《すわ》っている姿《すがた》は、まるで武士《ぶし》みたいだった。

そのときだけは、僕《ぼく》は勝負《しょうぶ》のことを忘《わす》れてしまう。

勝負《しょうぶ》のことだけじゃない。足《あし》の痛《いた》みも、声《こえ》をかけることも、息《いき》をすることさえも忘《わす》れた。

10秒《びょう》たって、20秒《びょう》たって、30秒《びょう》たったところで僕《ぼく》はようやく息苦《いきぐる》しさに気《き》がついた。

吸《す》う。

はく。

きゅうっ。

「……？」

すると、僕《ぼく》が息《いき》をはきだしたのと同《おな》じタイミングで、ゲンキ君《くん》の鼻《はな》からなにかがふくらんでくるのが見《み》えた。

透明《とうめい》で、ピンポン球《だま》ぐらいの大《おお》きさのもの。

それは、鼻《はな》ちょうちんだった。

背筋《せすじ》がピンとのびたゲンキ君《くん》の顔《かお》の前《まえ》に、丸々《まるまる》とした鼻《はな》ちょうちんができている。

寝《ね》ている？

僕《ぼく》がそう思《おも》っているあいだにも、ゲンキ君《くん》の呼吸《こきゅう》にあわせて、鼻《はな》ちょうちんが大《おお》きくなったり小《ちい》さくなったりしている。

「ねえ、ツバサ君《くん》……」

僕一人《ぼくひとり》で見《み》るのはなんとなくもったいない感《かん》じがして、ひそひそ声《ごえ》で僕《ぼく》はツバサ君《くん》に声《こえ》をかけた。

僕《ぼく》が名前《なまえ》を呼《よ》ぶと、ツバサ君《くん》は腕《うで》を組《く》んだ状態《じょうたい》で、視線《しせん》だけをこっちにむける。

「ん？　どうしたリク……ぶふっ！」

そして、ゲンキ君《くん》の鼻《はな》ちょうちんを見《み》つけた瞬間《しゅんかん》、ツバサ君《くん》がふきだした。

「なんで……ゲンキのやつ……そんなに姿勢《しせい》がいいんだよ……」

ツバサ君《くん》の言《い》うとおり、いまのゲンキ君《くん》はかなり姿勢《しせい》がいい。

その状態《じょうたい》で鼻《はな》ちょうちんができているから、かえってまぬけな感《かん》じになっている。

「……ったく、コイツは本当《ほんとう》にやる気《き》があるのかね？」

すると、ツバサ君《くん》がゲンキ君《くん》のほうを見《み》ながら、そんなことをつぶやいた。

「やる気《き》がなかったら、さすがにこんな勝負《しょうぶ》やろうとしないんじゃないかな？」

「わかんねーぞ？　コイツは前回《ぜんかい》のラストサバイバルのときも、ふつうにお菓子《かし》持《も》ってきやがったからな」

ラストサバイバル、とツバサ君《くん》が口《くち》にしたとき、僕《ぼく》はその大会《たいかい》にでたときのことを思《おも》いだしていた。

そもそも僕達《ぼくたち》が出会《であ》ったのは、そのラストサバイバルっていう大会《たいかい》に出場《しゅつじょう》したからだ。

ラストサバイバルはその年《とし》の小学《しょうがく》6年生《ねんせい》を50人《にん》集《あつ》めて、最後《さいご》の一人《ひとり》になるまで競《きそ》いあう大会《たいかい》だ。

そこで僕達《ぼくたち》は初《はじ》めて出会《であ》って、友達《ともだち》になった。

ラストサバイバルでなにをするのかは毎年《まいとし》変《か》わる。

そのなかで、僕達《ぼくたち》がしたのは最後《さいご》の一人《ひとり》になるまで歩《ある》きつづける『サバイバルウォーク』っていう競技《きょうぎ》だった。

いま僕達《ぼくたち》がひたすら正座《せいざ》をしているように、サバイバルウォークでは僕達《ぼくたち》はただひたすらに歩《ある》きつづけていた。

そのとき、ゲンキ君《くん》は参加者《さんかしゃ》のなかで唯一《ゆいいつ》、お菓子《かし》を持《も》ってきていたのである。

「てゆーか、今回《こんかい》の『サバイバル正座《せいざ》』っていう名前《なまえ》も、かなりラストサバイバルを意識《いしき》してるよね……」

「かもしんねえな」

僕《ぼく》がそう言《い》ったのにあわせて、ツバサ君《くん》が笑《わら》う。

ラストサバイバルでなにをするのかは毎年《まいとし》変《か》わるって言《い》ったけど、僕達《ぼくたち》がでた『サバイバルウォーク』の他《ほか》には『サバイバルスイム』とか『サバイバルテスト』とかいろいろな競技《きょうぎ》がある。

「つっても、こんな馬鹿《ばか》な競技《きょうぎ》はミスターL《エル》でも思《おも》いつかねーだろうけどよ」

ツバサ君《くん》が言《い》ったミスターL《エル》とは、そのラストサバイバルっていう大会《たいかい》の主催者《しゅさいしゃ》だ。テレビや大会《たいかい》で姿《すがた》をあらわすときは、なんらかの特殊《とくしゅ》メイクをしているからその素顔《すがお》はだれも見《み》たことがない。

大人《おとな》のくせに、だれよりも子供《こども》っぽい。

それが、前回僕《ぜんかいぼく》がラストサバイバルにでたときに感《かん》じた、ミスターL《エル》の印象《いんしょう》だ。

『こんな馬鹿《ばか》な競技《きょうぎ》はミスターL《エル》でも思《おも》いつかない』とツバサ君《くん》は言《い》ったけど、ミスターL《エル》がこの『サバイバル正座《せいざ》』のアイデアを聞《き》いたら、むしろ喜《よろこ》んで次《つぎ》のラストサバイバルの競技《きょうぎ》にするんじゃないかと僕《ぼく》は思《おも》う。

「……つーか、ゲンキのやつ、よくこんな状況《じょうきょう》で寝《ね》られるな」

「昨日《きのう》はけっこうおそくまでゲームしてたからね」

「リクの妹《いもうと》ならともかく、ゲンキまで寝不足《ねぶそく》かよ……」

あきれるように、でもなにかほほえましいものを見《み》るような表情《ひょうじょう》で、ツバサ君《くん》が言《い》った。

こうして見《み》ると、けっこうツバサ君《くん》は表情豊《ひょうじょうゆた》かだ。

ゲンキ君《くん》もゲンキ君《くん》で表情豊《ひょうじょうゆた》かだけど、基本《きほん》は笑顔《えがお》でいることが多《おお》い。

だけど、ツバサ君《くん》の場合《ばあい》、しかめっ面《つら》とか、にらんだりするような表情《ひょうじょう》もよくうかべるから、その変化《へんか》を見《み》ているだけで飽《あ》きなかったりする。

……本人《ほんにん》に言《い》うと怒《おこ》られそうだから、直接《ちょくせつ》は言《い》わないけど。


「……あんたら、なにしてんの？」


なんてことを僕《ぼく》が考《かんが》えていると、とつぜんうしろのほうから声《こえ》が聞《き》こえた。

だれだろう、と思《おも》ってふりかえってみると、そこには背《せ》の高《たか》い女《おんな》の子《こ》。

――朱堂《すどう》さんが立《た》っていた。

「あ、朱堂《すどう》さん。久《ひさ》しぶ――」

僕《ぼく》がそう声《こえ》をかけようとした瞬間《しゅんかん》、忘《わす》れていた足《あし》のしびれが体全体《からだぜんたい》にひろがって、僕《ぼく》は最後《さいご》まで話《はな》すことができなかった。

「なにやってんだか……」

と、朱堂《すどう》さんがあきれるような声《こえ》をだしたけど、その声《こえ》はなんだかうれしそうだ。

僕《ぼく》も久《ひさ》しぶりに朱堂《すどう》さんに会《あ》えてうれしいっていうのはあるけど、正直《しょうじき》いまはそれどころじゃない。

「……ん？　あ？　おお、朱堂《すどう》久《ひさ》しぶりだな！」

僕《ぼく》が足《あし》のしびれでもだえていると、ゲンキ君《くん》の鼻《はな》ちょうちんがぱちんと弾《はじ》けて、目《め》を覚《さ》ましたのがわかった。

目覚《めざ》めてすぐだっていうのに、

ゲンキ君《くん》の声《こえ》はかなり大《おお》きい。

「んー？」

そして、そのゲンキ君《くん》の声《こえ》にソラがゆっくりと目《め》を覚《さ》ます。

ソラは目《め》をこすりながら朱堂《すどう》さんのほうを見《み》ると、その背《せ》の高《たか》さにおどろいたように口《くち》をぽかんとあけて止《と》まってしまった。

「あ、あんたがリクの妹《いもうと》のソラちゃん？　かわいいねー」

すると朱堂《すどう》さんは笑《わら》いながら、ソラの頭《あたま》をくしゃくしゃとなでまわしはじめた。

「うわー」とソラは頭《あたま》をなでられて声《こえ》をだしていたけど、まんざらでもないっていうのがなんとなく伝《つた》わってくる。

「……それで、あんたら本当《ほんとう》になにしてんの？」

そして、ソラの頭《あたま》をひとしきりなでたあとで、朱堂《すどう》さんはもういちど僕達《ぼくたち》のほうをむいた。

「男《おとこ》と男《おとこ》の勝負中《しょうぶちゅう》だ」

朱堂《すどう》さんの問《と》いかけに、ゲンキ君《くん》が短《みじか》くそう答《こた》える。

ゲンキ君《くん》は僕達《ぼくたち》のなかで一番《いちばん》背筋《せすじ》がピンとしているから、座《すわ》っている姿《すがた》はカッコいいんだけど、口《くち》をひらくとそれがとことんかみあっていない。

いくらカッコつけたところで、僕達《ぼくたち》はただ三人《にん》ならんで正座《せいざ》をしているだけなのだ。

朱堂《すどう》さんもこれ以上真面目《いじょうまじめ》に聞《き》いても意味《いみ》がないと思《おも》ったのか「ああそう……」と答《こた》えるだけだった。

「それで、いつからこんなことやってんの？」

「今朝《けさ》からだな」

笑《わら》いながら答《こた》えるゲンキ君《くん》に対《たい》して、朱堂《すどう》さんが絶句《ぜっく》する。

僕達《ぼくたち》が正座《せいざ》をしていたことにおどろいたというよりは、そのあいだソラをほったらかしにしていたのか、という表情《ひょうじょう》だ。

「……よーし、じゃあこれからソラちゃんは私《わたし》といっしょに遊《あそ》ぼうか」

「え、いいの？」

「いいのいいの、お兄《にい》ちゃん達《たち》は男《おとこ》の勝負《しょうぶ》でいそがしいみたいだからねー」

そう言《い》いながら、朱堂《すどう》さんはソラのことを軽々《かるがる》と持《も》ちあげた。

持《も》ちあげられたソラは、見《み》るからにはしゃいでいる。

出会《であ》ってまだ少《すこ》ししかたっていないのに、ソラと朱堂《すどう》さんはもう姉妹《しまい》みたいに仲《なか》よくなっていた。

「あーそうだ朱堂《すどう》。冷蔵庫《れいぞうこ》におまえの分《ぶん》のプリンはいってっから、それ食《く》っていいぞ……」

ソラをつれて、部屋《へや》からでていこうとする朱堂《すどう》さん達《たち》にむかって、ゲンキ君《くん》が思《おも》いだしたように言《い》う。

「ん、わかった。それじゃあがんばってね」

そう言《い》って、朱堂《すどう》さんはソラをつれて部屋《へや》からでていってしまった。

そうして、部屋《へや》のなかには僕達《ぼくたち》だけが残《のこ》された。

勝負《しょうぶ》を始《はじ》めて1時間《じかん》、サバイバル正座《せいざ》はまだ終《お》わらない。


時間《じかん》って不思議《ふしぎ》だ、と僕《ぼく》は思《おも》った。

カチコチという時計《とけい》の針《はり》の音《おと》をずっと聞《き》いていると、時々《ときどき》『1秒《びょう》ってこんなに速《はや》かったっけ？』と思《おも》うようになる。

逆《ぎゃく》に『10分《ぷん》ぐらいたったかな？』と思《おも》って時計《とけい》を見《み》ると、実際《じっさい》は5分《ふん》しかたっていないこともある。

それでいて、ふといままでの時間《じかん》をふりかえってみると『もう8時間《じかん》もたっている』と感《かん》じたりもする。

ちなみに『もう8時間《じかん》もたっている』っていうのは、たとえ話《ばなし》でもなんでもない。実際《じっさい》にサバイバル正座《せいざ》が始《はじ》まって、8時間《じかん》が過《す》ぎていた。

つまり僕達《ぼくたち》は朝《あさ》からずっと、一日中正座《いちにちじゅうせいざ》をしていたってことになる。

足《あし》がしびれたから立《た》ちあがる。

——そういう段階《だんかい》はとっくに過《す》ぎている。

太《ふと》もものあたりをさわっても、ほとんどなにも感《かん》じない。

布団《ふとん》の上《うえ》からさわられるような感覚《かんかく》はあるけど、それ以上《いじょう》はなにも感《かん》じない。

僕達《ぼくたち》は一日中《いちにちじゅう》、まったくと言《い》っていいほど動《うご》いていない。

一日中動《いちにちじゅううご》いているのもつらいけど、一日中《いちにちじゅう》動かないっていうのもけっこうつらい。

『動物《どうぶつ》』っていう言葉《ことば》とは正反対《せいはんたい》のことを僕達《ぼくたち》はしている。

動《うご》かない。
ただじっと座《すわ》っている。
10分《ぷん》や20分《ぷん》の話《はなし》じゃない。
8時間《じかん》。
一日中《いちにちじゅう》。
あるいはもっと長《なが》く。

——今日《きょう》だけだ。

こんな馬鹿《ばか》げた勝負《しょうぶ》をするのは今日《きょう》だけだ、と僕《ぼく》は思《おも》う。
たとえばこれから80年《ねん》生《い》きるとして。
たとえばこれから3万日《まんにち》生《い》きるとして。
たとえばこれから70万時間《まんじかん》生《い》きるとして。
そのごく一部《いちぶ》。

そのたった一日《いちにち》。
そのわずか数時間《すうじかん》。
そういう勝負《しょうぶ》を僕達《ぼくたち》はしている。
負《ま》けてどうにかなるっていう勝負《しょうぶ》じゃない。
勝《か》ってどうにかなるっていう勝負《しょうぶ》じゃない。
この勝負《しょうぶ》に勝《か》ったって、今朝《けさ》あまったプリンがひとつもらえるだけだ。
それでどうなるのか？
どうにもならない。
足《あし》が速《はや》くなるわけでもない。
頭《あたま》がよくなるわけでもない。
友達《ともだち》にじまんだってできないだろう。
そういう勝負《しょうぶ》を僕達《ぼくたち》はしている。

「……くそ」

そんなことを思《おも》っていると、ツバサ君《くん》のほうから声《こえ》が聞《き》こえた。
ツバサ君《くん》は正座《せいざ》をした状態《じょうたい》で、なにかにたえるように歯《は》を食《く》いしばっている。
「限界《げんかい》じゃねえ、まだいける……ここまできて、くそっ」
自分《じぶん》に言《い》い聞《き》かせるように、ツバサ君《くん》は言葉《ことば》をくりかえす。
くりかえして、くりかえして、とつぜんこちらに顔《かお》をむけた。
こちらをむいたツバサ君《くん》のほおが、ほんの少《すこ》しだけつりあがる。
それは、笑《わら》っているようにも、なにかをあきらめているようにも見《み》えた。
そして――ツバサ君《くん》は足《あし》をくずした。
体《からだ》を横《よこ》にたおして、完全《かんぜん》に足《あし》を解放《かいほう》させる。
そのツバサ君《くん》の姿《すがた》を見《み》ているとき、僕《ぼく》の頭《あたま》のなかにひとつの思《おも》いがよぎった。
ああそうか。
終《お》わるのか。
この勝負《しょうぶ》が終《お》わるのか。
これから二度《にど》とすることのない勝負《しょうぶ》が。

永遠《えいえん》につづくと思《おも》ったこの勝負《しょうぶ》が。

一生《いっしょう》にいちどしかないこの勝負《しょうぶ》が。

もうそろそろ終《お》わるんだ。

ツバサ君《くん》が足《あし》をくずした。

あとは僕《ぼく》とゲンキ君《くん》、どちらか片方《かたほう》が足《あし》をくずせば、それで勝負《しょうぶ》は終《お》わる。

「なあリク」

そのとき、ゲンキ君《くん》が話《はな》しかけてきた。

たぶんゲンキ君《くん》も、もうすぐ勝負《しょうぶ》が終《お》わるっていうのがわかっているんだろう。

「プリンの場所《ばしょ》はわかるよな？」

「うん」

「だったら、おまえ一人《ひとり》でもだいじょうぶだよな？」

「……うん」

少《すこ》しの沈黙《ちんもく》。

「なあリク」
そのあとでゲンキ君《くん》は、もういちど僕《ぼく》の名前《なまえ》を呼《よ》んだ。
「楽《たの》しかったか？」
そう言《い》われて、僕《ぼく》はドキッとした。
だれが一番《いちばん》長《なが》く正座《せいざ》をしていられるか？
馬鹿《ばか》みたいな勝負《しょうぶ》だ。
最初《さいしょ》、僕《ぼく》はそう思《おも》っていた。
いまでもそう思《おも》っている。
そして、これから先《さき》もそう思《おも》うだろう。
でも——忘《わす》れることはない。
これだけは胸《むね》をはって言《い》える。

たとえこの先《さき》、何万回《なんまんかい》ゲンキ君達《くんたち》と遊《あそ》んだとしても、今日《きょう》のことはぜったい忘《わす》れない。

足《あし》のしびれ。

ロボットダンスに鼻《はな》ちょうちん。

そういうことが、10分前《ぷんまえ》のことのように思《おも》いだせる。

いままでの8時間《じかん》が10分《ぷん》になった。

思《おも》いだすのには1秒《びょう》もかからない。

時間《じかん》って不思議《ふしぎ》だ。

「うん、楽《たの》しかったよ」

僕《ぼく》がそう答《こた》えると、ゲンキ君《くん》は満足《まんぞく》そうに笑《わら》ってくれた。

「……そいつはよかった」


——そうしてゲンキ君《くん》も、足《あし》をくずした。

ツバサ君《くん》と同《おな》じように横《よこ》にたおれて、足《あし》をまっすぐのばしている。

そして、正座《せいざ》をしているのは僕《ぼく》だけになった。

つまり、僕《ぼく》が勝《か》ったってことだ。
勝《か》って、どうするんだっけ？
僕《ぼく》は考《かんが》える。
ああそうだ、プリンをとりにいかなくちゃ。
足《あし》に力《ちから》がはいらない。
だから体《からだ》を前《まえ》にたおして、むりやり足《あし》をのばす。
足《あし》をのばした瞬間《しゅんかん》、いままで止《と》められていた足《あし》の感覚《かんかく》が一気《いっき》にもどってくる。
「――――」
声《こえ》にならない痛《いた》み。
声《こえ》にならないしびれ。
声《こえ》にならない解放感《かいほうかん》。
それが足《あし》の裏《うら》から頭《あたま》の先《さき》までかけぬけていく。
それでも僕《ぼく》は立《た》ちあがる。
立《た》ちあがって、たおれているゲンキ君達《くんたち》を残《のこ》して、僕《ぼく》はリビングにむかう。

「あ、リク。勝負《しょうぶ》は終《お》わったの？」

リビングにはいると、ソラといっしょに横《よこ》になっていた朱堂《すどう》さんが声《こえ》をかけてきてくれた。

「ああ、うん……いまさっきちょうど終《お》わったところ……ソラはどうしたの？」

「うん？　ああ、つかれたから寝《ね》ちゃったみたい。こうして見《み》るとやっぱりかわいいね」

そう言《い》いながら、朱堂《すどう》さんは寝《ね》ているソラのほっぺをぷにぷにとつつく。

「それよりだいじょうぶ？　足《あし》が

生《う》まれたての小鹿《こじか》みたいにふるえてるけど？」

「正直《しょうじき》けっこうきびしいんだけど……残《のこ》ったプリンを食《た》べないといけないからさ……」

「……プリン？」

「うん、実《じつ》は僕達《ぼくたち》、今朝《けさ》あまったプリンをだれが食《た》べるかって勝負《しょうぶ》してたんだよね」

僕《ぼく》がそう言《い》うと、朱堂《すどう》さんの表情《ひょうじょう》がはっきりとくもったのがわかった。

たしかに、たかがプリンひとつのために一日中正座《いちにちじゅうせいざ》をしていたんだって聞《き》いたら、僕《ぼく》だって同《おな》じような顔《かお》をする。

そういえば、朱堂《すどう》さんもあのプリンを食《た》べたのだろうか、と僕《ぼく》は思《おも》う。

朱堂《すどう》さんがきたとき、ゲンキ君《くん》が『冷蔵庫《れいぞうこ》にプリンがある』って言《い》ったから、きっと食《た》べているだろう。

そんなことを考《かんが》えながら、僕《ぼく》はリビングをぬけて、キッチンにある冷蔵庫《れいぞうこ》をあけた。

——けど、冷蔵庫《れいぞうこ》のなかにプリンはなかった。

「……え？」

冷蔵庫《れいぞうこ》をあけて僕《ぼく》がぼうぜんとしていると、僕《ぼく》のうしろにいた朱堂《すどう》さんが、気《き》まずそうに口《くち》をひらく。

「あー、リク？　その、冷蔵庫《れいぞうこ》にはいってたプリンだけどさ……私《わたし》とソラちゃんで、食《た》べちゃったんだよね……」

「え？」

「いや、冷蔵庫《れいぞうこ》のなかにプリンが2つあったから、あまってんのかと思《おも》ってつい、ね」

その言葉《ことば》を聞《き》いて、僕《ぼく》はいつのまにか朱堂《すどう》さんのほうにたおれかかっていた。

「え？　ちょっとリク？　だいじょうぶ？　いや、本当《ほんとう》にごめんって……」

——けっきょく、僕達《ぼくたち》のしてきた勝負《しょうぶ》に意味《いみ》はなかった。

まあ、それでもいいか、と僕《ぼく》は薄《うす》れていく意識《いしき》のなかで笑《わら》う。

プリンは食《た》べられなかったけど、僕《ぼく》のなかにはたしかに残《のこ》るものがあったからだ。

そうして僕達《ぼくたち》のサバイバル正座《せいざ》は幕《まく》を閉《と》じた。

実況《じっきょう》!空想《くうそう》武将《ぶしょう》研究所《けんきゅうじょ》

もしも織田信長《おだのぶなが》が女《おんな》だったら?

作《さく》・小竹洋介《こだけようすけ》　絵《え》・フルカワマモる

みなさん、こんにちは。空想《くうそう》武《ぶ》将《しょう》研《けん》究《きゅう》所《じょ》・所長《しょちょう》の小竹《こだけ》洋介《ようすけ》です。

そして、わしの助手《じょしゅ》をつとめてくれるタローくんです。

「みんな、こんにちは！　助手《じょしゅ》のタローです。よろしく！」

空想《くうそう》武《ぶ》将《しょう》研《けん》究《きゅう》所《じょ》では毎日《まいにち》、戦国《せんごく》武将《ぶしょう》についてアレコレ空想《くうそう》しています。たとえば、

【もしも、織田信長《おだのぶなが》が小学生《しょうがくせい》だったら？】

いったいどんな小学生《しょうがくせい》になるでしょうか。つねに動《うご》きまわっている元気《げんき》いっぱいの子《こ》でしょうか。それとも、いつもあかるく楽《たの》しい子《こ》でしょうか。いいや、意外《いがい》とマジメでおとなしい子《こ》かもしれません。

「所長《しょちょう》、ぼくは勉強《べんきょう》も運動《うんどう》もできて、女《おんな》の子《こ》にモテモテだったと思《おも》います！」

「ふむ、そうかもしれんのう。まるでわしの小学生《しょうがくせい》のころのようじゃ！」

「ええ、所長《しょちょう》もモテモテだったんですか！」

「あたりまえじゃ！（まあ、ウソじゃけどな……）」

「すごい、所長《しょちょう》！（ぜったいウソだ……）」

わが研究所《けんきゅうじょ》ではみなさんからの空想《くうそう》も受《う》けつけています。

「所長《しょちょう》、今回《こんかい》も読者《どくしゃ》のみんなからたくさんお便《たよ》りがとどきました！」

「よし、タローくん！　さっそくしょうかいしてくれ！」

「今回《こんかい》、しょうかいする空想《くうそう》はこちらの６本《ぽん》！」

【もしも、織田信長《おだのぶなが》が女《おんな》だったら？】【もしも、戦国武将《せんごくぶしょう》がテニス選手《せんしゅ》だったら？】

【もしも、戦国武将《せんごくぶしょう》が世界《せかい》の大統領《だいとうりょう》だったら？】【もしも、戦国武将《せんごくぶしょう》が危険生物《きけんせいぶつ》だったら？】

【もしも、戦国武将《せんごくぶしょう》が作家《さっか》だったら？】【もしも、戦国武将《せんごくぶしょう》がお笑《わら》い芸人《げいにん》だったら？】

「なるほど。どれもおもしろそうなものばかりじゃ！」

研究所《けんきゅうじょ》ではいろんな武将《ぶしょう》が登場《とうじょう》するので、もし、まだ好《す》きな武将《ぶしょう》がいないという人《ひと》はぜひ自分《じぶん》だけのイチオシ武将《ぶしょう》を見《み》つけてくれ。

それではみなさん、わしとタローくんといっしょに戦国武将《せんごくぶしょう》の「もしも」を空想《くうそう》していきましょう！

もしも、織《お》田《だ》信《のぶ》長《なが》が女《おんな》だったら？

静《しず》岡《おか》県《けん》駿《すん》東《とう》郡《ぐん》・藤《ふじ》江《え》優《ゆう》光《こう》くん（12歳《さい》）

ズバリ！

パティシエ、アイドルと大《だい》かつやく！ついには、日《に》本《ほん》初《はつ》の○○になる!?

■もしも、織田信長《おだのぶなが》が女《おんな》だったら？

「所長《しょちょう》、静岡県《しずおかけん》の優光《ゆうこう》くんからお便《たよ》りがとどいています」

「なんじゃとタローくん！（はやく持《も》ってこんかい！）」

「『もしも、織田信長《おだのぶなが》が女性《じょせい》だったらどうなりますか？』だって」

「なるほど。優光《ゆうこう》くんはなかなかおもしろい発想《はっそう》の持《も》ち主《ぬし》じゃな！（タローくんと助手《じょしゅ》を交代《こうたい》してもらおうかな……）」

「所長《しょちょう》、いまなにかいいました？」

「いいや、なんでもない！」

男性《だんせい》が主役《しゅやく》の戦国時代《せんごくじだい》では目立《めだ》ったかつやくはできないかもしれません。しかし、いろんな仕事《しごと》でかつやくしている現代《げんだい》であれば、女性《じょせい》の信長《のぶなが》も大《だい》かつやくできるでしょう。

「たとえばパティシエなんてどうじゃ？」

信長《のぶなが》はとてもあまいものが好《す》きな武将《ぶしょう》で、南蛮菓子《なんばんがし》のひとつ金平糖《こんぺいとう》がお気《き》にいりだったそうです。お菓子《かし》以外《いがい》にも、外国《がいこく》のあたらしい品物《しなもの》や文化《ぶんか》を積極的《せっきょくてき》に受《う》けいれた信長《のぶなが》のことですから、洋菓子《ようがし》についてたくさん勉強《べんきょう》し、立派《りっぱ》なパティシエになるかもしれません。

戦《いくさ》に勝《か》つため、道具《どうぐ》や戦法《せんぽう》にさまざまな工夫《くふう》をしてきた信長《のぶなが》は、パティシエになっても工夫《くふう》をこらしたオリジナルのお菓子《かし》を得意《とくい》とするでしょう。

「いったい、どんなお菓子《かし》をつくるのですか？」

「ズバリ、長篠《ながしの》スペシャルケーキじゃ！」

「な、長篠《ながしの》スペシャルケーキ！」

かつて信長《のぶなが》は「長篠の戦《ながしののたたか》い」で鉄砲《てっぽう》の「3段《だん》うち」という新戦法《しんせんぽう》をあみだしました。そんな信長《のぶなが》がつくる「長篠《ながしの》スペシャルケーキ」はなんでも3段階《だんかい》になっています。3段《だん》ケーキなのはいうまでもありませんが、味《あじ》も3段階《だんかい》。1段目《だんめ》はチョコ味《あじ》、2段目《だんめ》はいちご味《あじ》、3段目《だんめ》はバナナ味《あじ》です。さらにあまさも3段階《だんかい》。ちょいあま、激《げき》あま、あまあま地獄《じごく》です。

「あまあま地獄《じごく》!!!」

「タローくん、あまあま地獄《じごく》をひと口《くち》食《た》べてごらんなさい」

「わかりました。いただきまーす！」

「お味《あじ》はどうですか？」

「あ……、あ……、あまあああい！（あますぎますよ、信長様《のぶながさま》！）」

天下統一《てんかとういつ》をめざした信長《のぶなが》がつくる洋菓子《ようがし》ですから、とうぜん天下一《てんかいち》のあまさをほこります。タローくんには少《すこ》しあますぎたようですが、あまいものが大好《だいす》きな女《おんな》の子《こ》たちのあいだでは「カリスマパティシエ」として人気《にんき》になるでしょう。

カリスマパティシエの信長《のぶなが》には雑誌《ざっし》やテレビの取材《しゅざい》が殺到《さっとう》。その人気《にんき》ぶりから今度《こんど》はアイドルになります。もしも信長《のぶなが》が女性《じょせい》アイドルだったら、現代《げんだい》のアイドル戦国時代《せんごくじだい》を制《せい》することができるかもしれません。

「所長《しょちょう》、アイドルといえばニックネームが大切《たいせつ》です」

「もちろん考《かんが》えてあるゾ。元《もと》パティシエの信長《のぶなが》がアイドルになるのじゃから、プリン大好《だいす》きキャラのノブリンでどうじゃ！」

「ノブナガとプリンでノブリン！（かわいい！）」

「さらにキャッチフレーズはこれじゃ！（自己《じこ》しょうかいをどうぞ！）」

『得意《とくい》の3段《だん》うちであなたのハートをねらいうち！　バン、バン、バン！　プリン大好《だいす》きノブリン参上《さんじょう》。今日《きょう》もあまあま地獄《じごく》で苦《くる》しめちゃ〜うゾ！』

「うおおお、ノブリ――――ン！」

「しょ、所長《しょちょう》、おちついてください！」

短気《たんき》でおこりっぽい性格《せいかく》の信長《のぶなが》ですが、お祭《まつ》りでは庶民《しょみん》たちといっしょにおどったり、大勢《おおぜい》の庶民《しょみん》をお城《しろ》にまねいて楽《たの》しんだりと、とても心配《こころくば》りのできる武将《ぶしょう》でもありました。そんな身分《みぶん》に関係《かんけい》なく交流《こうりゅう》をはかった信長《のぶなが》のことですから、スーパーアイドル・ノブリンとして、たくさんのファンに愛《あい》されるでしょう。

握手会《あくしゅかい》では神対応《かみたいおう》でみんなを笑顔《えがお》にし、コンサートではファンを楽《たの》しませるために全力《ぜんりょく》をつくします。かつてたくさんの戦《いくさ》を勝《か》ちぬき、多《おお》くの伝説《でんせつ》をのこした信長《のぶなが》のことですから、その人気《にんき》はほかのアイドルたちとは比《くら》べものになりません。そのため、もしも信長《のぶなが》ことノブリンがSNG《エスエヌジー》（せんごく）48の総選挙《そうせんきょ》に立候補《りっこうほ》したら、きっと天下《てんか》（センター）をとることができるでしょう。そして、スピーチでこのようにいうのです。

【センターをとってこそ、ノブリンワールドは光《ひかり》をはなちます！】

これはかつて信長《のぶなが》が本当《ほんとう》にいった名言《めいげん》【必死《ひっし》に生《い》きてこそ、その生涯《しょうがい》は光《ひかり》をはなつ】からきていますが、国民的《こくみんてき》アイドル・ノブリンはこの名言《めいげん》をのこし、アイドルを卒業《そつぎょう》します。

「えええ、ノブリン卒業《そつぎょう》するの……」

SNG《エスエヌジー》48のセンターをとったことで自信《じしん》をえたノブリンはつぎに国会議員《こっかいぎいん》をめざし、ゆくゆくは女《じょ》性初《せいはつ》の内閣総理大臣《ないかくそうりだいじん》になることでしょう。

「あのノブリンが、とうとう総理《そうり》大臣《だいじん》に！」

かつて自由《じゆう》に商売《しょうばい》ができるように「楽市楽座《らくいちらくざ》」をおこなった信長《のぶなが》のことですから、総理大臣《そうりだいじん》になったノブリンは「女市女座《おんないちおんなざ》」をおこない、女性《じょせい》が働《はたら》きやすい国《くに》をつくるでしょう。

もしも、戦国武将《せんごくぶしょう》が
テニス選《せん》手《しゅ》だったら？

愛知県愛西市《あいちけんあいさいし》・松田慎太郎《まつだしんたろう》くん（12歳《さい》）
東京都文京区《とうきょうとぶんきょうく》・矢澤大晴《やざわたいせい》くん（7歳《さい》）

ズバリ！

第《だい》1回《かい》戦国《せんごく》テニス大会《たいかい》開催《かいさい》！
優勝者《ゆうしょうしゃ》はなんとあの武将《ぶしょう》!?

■もしも、戦国武将《せんごくぶしょう》がテニス選手《せんしゅ》だったら？

「タローくん、いっしょにテニスでもせんか。わしの必殺技《ひっさつわざ》・空想《くうそう》サーブを見《み》せてやるゾ」

「いいですね所長《しょちょう》。あ、そういえば、愛知県《あいちけん》の慎太郎《しんたろう》くん、東京都《とうきょうと》の大晴《たいせい》くんから『もしも、戦国武将《せんごくぶしょう》がテニス選手《せんしゅ》だったらどうなりますか？』というお便《たよ》りがとどきました」

「な、なんじゃと。それをさきにいわんかい！（空想《くうそう》サーブはまた今度《こんど》じゃ！）」

「とくに、慎太郎《しんたろう》くんは足利義政《あしかがよしまさ》がテニス選手《せんしゅ》だったらどんな選手《せんしゅ》か知《し》りたいそうです」

なるほど、足利義政《あしかがよしまさ》といえば京都《きょうと》にある銀閣寺《ぎんかくじ》を建《た》てた将軍《しょうぐん》として有名《ゆうめい》ですが、じつは義政《よしまさ》の世《よ》つぎあらそいによって応仁《おうにん》の乱《らん》がおこり、世《よ》は戦国時代《せんごくじだい》へはいっていきます。

義政《よしまさ》は政治《せいじ》に関心《かんしん》がなかった代《か》わりに、文化面《ぶんかめん》では質素《しっそ》でおちついた「東山文化《ひがしやまぶんか》」と呼《よ》ばれる日本文化《にほんぶんか》の源流《げんりゅう》をつくりました。

そんな義政《よしまさ》がテニス選手《せんしゅ》だったら、派手《はで》なテニスはいっさいせず、まるで教科書《きょうかしょ》にのるような基本《きほん》に忠実《ちゅうじつ》なテニスをします。それはもはや芸術《げいじゅつ》の域《いき》にあり、義政《よしまさ》のテニスはいつの時代《じだい》になってもお手本《てほん》としてつたえられていくことでしょう。

そんな義政《よしまさ》がテニス選手《せんしゅ》として引退宣言《いんたいせんげん》をしたとき、時代《じだい》は大《おお》きく動《うご》きます。

「いったい、なにがおこるのですか？」

「かつて応仁《おうにん》の乱《らん》のきっかけをつくった将軍《しょうぐん》なわけじゃから、彼《かれ》の引退宣言《いんたいせんげん》はすなわち、テニス戦国時代《せんごくじだい》の幕《まく》あけ、つまりは戦国《せんごく》テニス大会《たいかい》のはじまりを意味《いみ》するのじゃ！」

「せ、戦国《せんごく》テニス大会《たいかい》！」

「1回戦《かいせん》は織田信長《おだのぶなが》対明智光秀《たいあけちみつひで》じゃ！」

「いきなり因縁《いんねん》の戦《たたか》い！」

信長《のぶなが》は光秀《みつひで》の苦手《にがて》なコースにうまくボールを打《う》ちかえし、光秀《みつひで》をこまらせます。しかし、光秀《みつひで》も懸命《けんめい》にボールを追《お》って打《う》ちかえしますので、気《き》の短《みじか》い信長《のぶなが》はしだいにイライラしはじめ、はやくも必殺技《ひっさつわざ》をつかうでしょう。

「必殺技《ひっさつわざ》？」

「信長《のぶなが》の必殺技《ひっさつわざ》はズバリ、**天下布武《てんかふぶ》スマッシュ**じゃ！」

信長《のぶなが》は全力《ぜんりょく》の天下布武《てんかふぶ》スマッシュで光秀《みつひで》を圧倒《あっとう》します。しかし、そんなパワーテニスも長《なが》くはつづきません。じっとガマンテニスをつづけてきた光秀《みつひで》は反撃《はんげき》にでます。

「光秀《みつひで》の必殺技《ひっさつわざ》・**本能寺《ほんのうじ》の変《へん》サーブ**が炸裂《さくれつ》するのじゃ！」

「なんだかイヤな予感《よかん》が……」

力《ちから》をつかいすぎた信長《のぶなが》は光秀《みつひで》の必殺《ひっさつ》サーブによって1回戦《かいせん》で敗退《はいたい》してしまうでしょう。

「やっぱり！　はやくも大波乱《だいはらん》！」

光秀《みつひで》のつぎの相手《あいて》は豊臣秀吉《とよとみひでよし》です。サルと呼《よ》ばれた秀吉《ひでよし》のことですから、機敏《きびん》なステップで光秀《みつひで》のどんなショットもひろいます。一方《いっぽう》の光秀《みつひで》も得意《とくい》のガマンのテニスで食《く》らいつきますが、秀吉《ひでよし》の必殺技《ひっさつわざ》の前《まえ》に苦戦《くせん》をしいられるでしょう。

「秀吉様《ひでよしさま》の必殺技《ひっさつわざ》っていったいなんですか？」

光秀《みつひで》が本能寺《ほんのうじ》の変《へん》をおこしたとき、秀吉《ひでよし》は備中《びっちゅう》（現在《げんざい》の岡山県《おかやまけん》）にいました。しかし、光秀《みつひで》の裏切《うらぎ》りを知《し》った秀吉《ひでよし》は京都《きょうと》までの道《みち》のり（約《やく》200キロ）をたったの10日間《かかん》で移動《いどう》し、明智軍《あけちぐん》に勝利《しょうり》します。この大移動《だいいどう》を「中国大返《ちゅうごくおおがえ》し」といいます。

「ズバリ、秀吉《ひでよし》の必殺技《ひっさつわざ》は中国大返《ちゅうごくおおがえ》しさながらの**バックスピンショット**じゃ！」

「バックスピン！　そんなのかえせるわけないよ……（残念《ざんねん》、光秀様《みつひでさま》）」

結果《けっか》、秀吉《ひでよし》は光秀《みつひで》に勝利《しょうり》し、決勝戦《けっしょうせん》にすすみます。決勝《けっしょう》の相手《あいて》は柴田勝家《しばたかついえ》です。勝家《かついえ》といえば戦場《せんじょう》における突進力《とっしんりょく》は戦国一《せんごくいち》といわれ、「かかれ柴田《しばた》」と呼《よ》ばれていました。そんな勝家《かついえ》は攻撃的《こうげきてき》なテニスで秀吉《ひでよし》をむかえうちます。

「所長《しょちょう》、攻撃的《こうげきてき》なテニスといえば日本《にほん》の錦織圭《にしこりけい》選手《せんしゅ》もそうですよね！」

「さすがタローくん、よいところに気《き》づきおった！」

勝家《かついえ》のプレイスタイルは錦織《にしこり》選手《せんしゅ》をほうふつとさせます。

そんな勝家《かついえ》の必殺技《ひっさつわざ》は**「エア・Ｋ《ケー》」**です。

「ええ、必殺技《ひっさつわざ》も錦織《にしこり》選手《せんしゅ》と同《おな》じですか！」

「あたりまえじゃ。エア・Ｋ《ケー》のＫ《ケー》は勝家《かついえ》のＫ《ケー》じゃゾ！」

「なんですって！　ひょっとして錦織《にしこり》選手《せんしゅ》は勝家《かついえ》の生《う》まれ変《か》わりなのでは！」

勝家《かついえ》は積極的《せっきょくてき》に攻撃《こうげき》をしかけますが、秀吉《ひでよし》もあらたな必殺技《ひっさつわざ》を繰《く》りだし応戦《おうせん》します。

「あたらしい必殺技《ひっさつわざ》？」

「その名《な》も**清洲《きよす》のひとふり**じゃ」

「き、清洲《きよす》のひとふり！（なんだかカッコいい！）」

信長《のぶなが》がなくなったあと、後継者《こうけいしゃ》をきめるための会議《かいぎ》がひらかれました。この会議《かいぎ》で秀吉《ひでよし》と勝家《かついえ》は対立《たいりつ》し、「賤ヶ岳《しずがたけ》の戦《たたか》い」がおこります。結果《けっか》、勝家《かついえ》に勝利《しょうり》した秀吉《ひでよし》が天下統一《てんかとういつ》

にむけて大《おお》きく前進《ぜんしん》しました。この天下《てんか》の行方《ゆくえ》を左右《さゆう》した会議《かいぎ》を「清洲会議《きよすかいぎ》」といいます。

天下人《てんかびと》を決定《けってい》づけた清洲会議《きよすかいぎ》。その名《な》にちなんだ一撃必殺《いちげきひっさつ》・清洲《きよす》のひとふりで勝家《かついえ》はコート外《がい》にぶっ飛《と》ばされてしまうでしょう。

(秀吉《ひでよし》、強《つ》ぇぇぇ〜!)

こうして、第《だい》1回戦国《かいせんごく》テニス大《たい》会《かい》は秀吉《ひでよし》の優勝《ゆうしょう》で幕《まく》を閉《と》じたのでした。(はたして第《だい》2回《かい》のチャンピオンはいったいどの武将《ぶしょう》が……。つづきは第《だい》2弾《だん》『実況《じっきょう》!空想武将《くうそうぶしょう》研究所《けんきゅうじょ》』の続編《ぞくへん》で!)

もしも、戦国《せんごく》武将《ぶしょう》が世界《せかい》の大統領《だいとうりょう》だったら？

静岡県掛川市《しずおかけんかけがわし》・吉田翔《よしだしょう》くん（9歳《さい》）
神奈川県川崎市《かながわけんかわさきし》・木村虹香《きむらななか》ちゃん（10歳《さい》）

ズバリ！

戦国《せんごく》武将《ぶしょう》が世界各国《せかいかっこく》で大暴《おおあば》れ!?
日本《にほん》では幸村《ゆきむら》が内閣総理大臣《ないかくそうりだいじん》に…!?

■もしも、戦国武将《せんごくぶしょう》が世界《せかい》の大統領《だいとうりょう》だったら？

「所長《しょちょう》、静岡県《しずおかけん》の翔《しょう》くんからのお便《たよ》りです。『もしも、織田信長《おだのぶなが》がアメリカの大統領《だいとうりょう》だったらどうなりますか？』」

「オウ、ベリーナイスなイマジネーション《空想》じゃ！（イエス、カモン！）」

「所長《しょちょう》が急《きゅう》にアメリカ人《じん》っぽくなった！」

アメリカといえば世界中《せかいじゅう》から人《ひと》が集《あつ》まり、かつやくしている国《くに》です。じつは信長《のぶなが》も身分《みぶん》や人種《じんしゅ》に関係《かんけい》なく、優秀《ゆうしゅう》な人物《じんぶつ》であれば積極的《せっきょくてき》に家臣《かしん》として登用《とうよう》する武将《ぶしょう》でした。そんな彼《かれ》がアメリカの大統領《だいとうりょう》になれば、いまよりももっと多《おお》くの人《ひと》を受《う》けいれ、さらにいろんな品物《しなもの》や技術《ぎじゅつ》をドンドンとりこみ、さまざまな分野《ぶんや》を活性化《かっせいか》させることでしょう。

「信長大統領《のぶながだいとうりょう》によってアメリカはさらに発展《はってん》し、経済力《けいざいりょく》、技術力《ぎじゅつりょく》、軍事力《ぐんじりょく》はぶっちぎりで世界一《せかいいち》の超大国《ちょうたいこく》になるはずじゃ！」

「さすが信長様《のぶながさま》！」

「おまけに世界各国《せかいかっこく》から人《ひと》が集《あつ》まるので、人口《じんこう》も世界一《せかいいち》になるゾ！」

「だったら、いろんな国《くに》のレストランができそうですね！」

「いいや、そうとも限《かぎ》らんゾ、タローくん」

「どういうことですか？」

信長《のぶなが》はとてもせっかちな性格《せいかく》ですので、ゆっくりとご飯《はん》を食《た》べるレストランは好《す》きじゃありません。その一方《いっぽう》で、短時間《たんじかん》で食事《しょくじ》ができるファーストフードは大好《だいす》き。とくに濃《こ》い味《あじ》つけの料理《りょうり》が好《す》きだった信長《のぶなが》のことですから、ハンバーガーは大好物《だいこうぶつ》でしょう。

「そこで信長大統領《のぶながだいとうりょう》はレストラン禁止令《きんしれい》をだし、アメリカ全土《ぜんど》をハンバーガーでうめつくす計画《けいかく》を打《う》ちだします！」

「えええ、ハンバーガーしか食《た》べられないの！」

「そのとおり。外食店《がいしょくてん》はすべてハンバーガー店《てん》のみのハンバーガー大国《たいこく》になるのじゃ！」

「ぐぬぬ、カレーライスとかお寿司《すし》も食《た》べたいよ……」

「そんな食《く》いしん坊《ぼう》のタローくんにおすすめの国《くに》があるゾ。それは秀吉大統領《ひでよしだいとうりょう》がいるフランスじゃ」

秀吉《ひでよし》はおいしいもの好《ず》きとして有名《ゆうめい》な武将《ぶしょう》でしたから、フランスを料理大国《りょうりたいこく》にしてしまうでしょう。フランス料理《りょうり》はもちろん、カレーライスやお寿司《すし》などもすべてフランス料理《りょうり》風《ふう》にアレンジし、さらにおいしい料理《りょうり》へと変《か》えてしまいます。名前《なまえ》もカレーライスはカリーヌラーイス、お寿司《すし》はオスシーユと呼《よ》ぶようになるでしょう。

「たしかにどっちもフランス料理《りょうり》っぽい！」

「ご飯《はん》の話《はなし》をしてたら、お腹《なか》が減《へ》ってきたわい。タローくん、食事《しょくじ》の時間《じかん》にしようか（今日《きょう》はオスシーユの気分《きぶん》じゃな……）」

「いいですね。でも、もう1通《つう》お便《たよ》りが……」

「なに、2通目《つうめ》か！（それはオスシーユなど食《た》べとる場合《ばあい》じゃないな！）」

「神奈川県《かながわけん》の虹香《なのか》ちゃんからです。『**もしも、真田幸村《さなだゆきむら》が天下人《てんかびと》だったらどうなりますか？**』とのことです！」

「なるほど！　虹香《なのか》ちゃんは幸村《ゆきむら》が好《す》きなのかな？（わしも好《す》きじゃゾ！）」

ここでは幸村《ゆきむら》が日本《にほん》の総理大臣《そうりだいじん》だったらとして考《かんが》えてみましょう。幸村《ゆきむら》といえば徳川軍《とくがわぐん》と戦《たたか》った大坂冬《おおさかふゆ》の陣《じん》において大坂城《おおさかじょう》の出城《でじろ》・真田丸《さなだまる》でかつやくしました。しかし、大坂夏《おおさかなつ》の陣《じん》では劣勢《れっせい》に立《た》たされます。すると幸村《ゆきむら》は標的《ひょうてき》を大将《たいしょう》の徳川家康《とくがわいえやす》のみにしぼり、少数《しょうすう》ながら家康《いえやす》の本陣《ほんじん》に攻《せ》めこんでいきました。何度《なんど》も本陣《ほんじん》に突撃《とつげき》し、家康《いえやす》の目前《もくぜん》までせまった幸村《ゆきむら》でしたが、最後《さいご》は力《ちから》つき、徳川軍《とくがわぐん》に追《お》いかえされてしまいました。

そんな目標《もくひょう》にむかって突《つ》きすすんだ幸村《ゆきむら》が総理大臣《そうりだいじん》だったら、日本《にほん》は小学生《しょうがくせい》になる時点《じてん》で将来《しょうらい》の進路《しんろ》を確定《かくてい》させなければならなくなるでしょう。

「もう将来《しょうらい》の進路《しんろ》をきめちゃうの！」

「幸村《ゆきむら》ははやいうちに将来《しょうらい》の目標《もくひょう》をきめ、ひたすらその分野《ぶんや》で訓練《くんれん》させる教育方針《きょういくほうしん》を打《う》ちだすのじゃ！」

「えええ！（はやすぎるよ……）」

たとえば将来《しょうらい》、ダンサーになりたいとしましょう。小学生《しょうがくせい》になったら、ダンスの専門学《せんもんがっ》校《こう》にはいり、毎日《まいにち》ダンスの訓練《くんれん》をします。それ以外《いがい》はなにもしなくてだいじょうぶ。その代《か》わり、小学校《しょうがっこう》、中学校《ちゅうがっこう》とダンス漬《づ》けの9年間《ねんかん》を送《おく》らなければなりません。そうすることで、中学校《ちゅうがっこう》を卒業《そつぎょう》するころには優秀《ゆうしゅう》なダンサーがたくさん生《う》まれていることでしょう。

「ダンスだけでなく、各分野《かくぶんや》でスペシャリストが誕生《たんじょう》するはずじゃ！」

「じゃあ、ボクは空想《くうそう》のスペシャリストをめざそうかな。いずれは所長《しょちょう》になりたいし……」
「所長《しょちょう》になりたいじゃと！　な、なにをいっておるんだタローくん、わしのポジションはゆずらんゾ！」
「えええ、じゃあ、サッカーにしようかな〜」
進路《しんろ》の選択《せんたく》をまちがえるととりかえしがつかないので、じっくり考《かんが》えることをおすすめします。（タローくんはサッカーをがんばりなさい！　空想《くうそう》はほどほどに……）

もしも、戦国武将《せんごくぶしょう》が危険生物《きけんせいぶつ》だったら？

東京都江東区《とうきょうとこうとうく》・松井仁《まついひとし》くん（10歳《さい》）

ズバリ！

信長《のぶなが》ライオン、家康《いえやす》タヌキ、謙信《けんしん》サソリ、それ以上《いじょう》にこわい最強危険生物《さいきょうきけんせいぶつ》は…!?

■もしも、戦国武将《せんごくぶしょう》が危険生物《きけんせいぶつ》だったら？

「ふう、タローくんが昼寝中《ひるねちゅう》だとのんびりできるわい」

「所長《しょちょう》、所長《しょちょう》、所長《しょちょう》！」

「ど、どうしたのじゃ、昼寝《ひるね》じゃなかったのかね？」

「じつはサメにおそわれる夢《ゆめ》で目《め》がさめてしまって……（サメだけに）」

「やかましいわ！」

「そんなことより、お便《たよ》りです。東京都《とうきょうと》の仁《ひとし》くんから『もしも、戦国武将《せんごくぶしょう》が危険生物《きけんせいぶつ》だったら？』とのことです」

「危険生物《きけんせいぶつ》じゃと！　これまたスゴイ空想《くうそう》がとどいたもんじゃ！」

地球上《ちきゅうじょう》にはサメのような危険生物《きけんせいぶつ》がたくさんいますが、もしも、戦国武将《せんごくぶしょう》がそんな危険《きけん》生物《せいぶつ》だったらどのような生物《せいぶつ》になるでしょうか。

たとえば織田信長《おだのぶなが》。信長《のぶなが》はまさに百獣《ひゃくじゅう》の王《おう》・ライオンのように強《つよ》くてカッコいい危険生《きけんせい》物《ぶつ》になるでしょう。（その名《な》もノブナ・ガオーライオンじゃ）

せっかちなノブナ・ガオーライオンは、なんにでもすぐにかみつこうとする危険《きけん》な生物《せいぶつ》です。また、名前《なまえ》にもあるとおり「ガオー！」と力強《ちからづよ》くほえて相手《あいて》をいかくします。

「しかし、そんなノブナ・ガオーライオンにも弱点《じゃくてん》がひとつあるゾ」

「なんですか？（ぜひ、教《おし》えてください！）」

「それはズバリ、火《ひ》じゃ！」

かつて本能寺《ほんのうじ》の変《へん》で炎《ほのお》に囲《かこ》まれた信長《のぶなが》。その記憶《きおく》はノブナ・ガオーライオンになっても消《き》えていません。ですから、もしもおそわれそうになったら、火《ひ》をつかってにげましょう。

つづいては徳川家康《とくがわいえやす》。家康《いえやす》は表《おもて》ではニコニコとしていながら、裏《うら》でアレコレよくないことを考《かんが》えているという意味《いみ》で、人《ひと》をだます動物《どうぶつ》、タヌキにたとえられ、「タヌキおやじ」と呼《よ》ばれていました。

「じゃあ、家康様《いえやすさま》はタヌキのような危険生物《きけんせいぶつ》できまりですね！」

「いいや、タローくん。タヌキと見《み》せかけて相手《あいて》の裏《うら》をかくのが家康《いえやす》のとくちょうじゃ」

「それじゃあ、家康様《いえやすさま》はいったい……？」

「タヌキそっくりのアライグマが彼《かれ》の正体《しょうたい》じゃ！」

「ぐぬぬ、だまされた！」

「名前《なまえ》は家康《いえやす》の康《やす》の字《じ》をとってヤスヤスグマでどうじゃ？」

「ヤスヤスグマ！（名前《なまえ》はカワイイ……）」

見《み》た目《め》はかわいいアライグマですが、じつはとても凶暴《きょうぼう》な性格《せいかく》の持《も》ち主《ぬし》。近《ちか》づくとかみついたり、ひっかいたりして暴《あば》れます。その本性《ほんしょう》はヤスヤスグマも同《おな》じ。見《み》た目《め》も名前《なまえ》もかわいいのですが、そこに惑《まど》わされて近《ちか》づくと、大《おお》ケガをしますので注意《ちゅうい》しましょう。

「所長《しょちょう》、弱点《じゃくてん》はないのですか？」

「よくぞ聞《き》いてくれたタローくん。ヤスヤスグマの弱点《じゃくてん》はズバリ、油《あぶら》じゃ！」

家康《いえやす》の死因《しいん》のひとつに「鯛《たい》の天《てん》ぷらを食《た》べすぎたために死《し》んだ」という話《はなし》があります。そのため、ヤスヤスグマにとって油《あぶら》は天敵《てんてき》。もしもヤスヤスグマにおそわれそうになったら、すぐに油《あぶら》をまきましょう。

つづいて豊臣秀吉《とよとみひでよし》。秀吉《ひでよし》は「人《ひと》たらし」と呼《よ》ばれたように、人《ひと》の心《こころ》をつかむのがとても上手《じょうず》な武将《ぶしょう》で、どんな人《ひと》からも好《す》かれました。「人《ひと》たらしだったから天下《てんか》がとれた」とまでいわれている秀吉《ひでよし》が危険生物《きけんせいぶつ》だったら、それは蚊《か》のような生物《せいぶつ》になるでしょう。いつでもどこでも人間《にんげん》に寄《よ》ってくる蚊《か》はまさに秀吉《ひでよし》そのもの。（その名《な》もヒトタラシ蚊《か》じゃ！）

秀吉《ひでよし》といえば兵糧攻《ひょうろうぜ》め（敵《てき》の食料補給《しょくりょうほきゅう》を断《た》ち、弱《よわ》らせること）が得意《とくい》で、多《おお》くの兵《へい》がそれにより力《ちから》をうばわれ、たおれていきました。なので、ヒトタラシ蚊《か》も人間《にんげん》に近《ちか》づき、兵《ひょう》糧攻《ろうぜ》めならぬ血液攻《けつえきぜ》めといってぐんぐんと血《ち》を吸《す》い、相手《あいて》を弱《よわ》らせるのが特徴《とくちょう》です。

「所長《しょちょう》、はやく弱点《じゃくてん》を！（このままでは人類《じんるい》がほろびてしまいます！）」

「うむ。秀吉《ひでよし》といえば大《だい》の女好《おんなず》きで有名《ゆうめい》じゃ。だからヒトタラシ蚊《か》を退治《たいじ》するには女《おんな》の子《こ》のような声《こえ》でこういうのじゃ！」

『いや～ん、やめて～！ わたしの血《ち》を吸《す》ったらおこっちゃうぞ！（プンプン！）』

（……所長《しょちょう》が女《おんな》の子《こ》みたいになっている……）

「そういわれたら、さすがのヒトタラシ蚊《か》もその場《ば》を去《さ》るはずじゃ。なぜなら女《おんな》の子《こ》にきらわれたくないからのう！」

ほかにも危険生物《きけんせいぶつ》はたくさんいます。巣《す》を攻撃《こうげき》されるとたちまち暴《あば》れだす毛利元就《もうりもとなり》こと「サンボンノヤモリ」。広範囲《こうはんい》に巣《す》をはって獲物《えもの》をからめとる前田利家《まえだとしいえ》こと「ヒャクマンゴクモ」。最強《さいきょう》のハサミを武器《ぶき》に圧倒的《あっとうてき》な強《つよ》さをほこる上杉謙信《うえすぎけんしん》こと「ビシャモンテンサソリ」など。しかし、いちばん強《つよ》いのはこれまでしょうかいしてきた以外《いがい》の生物《せいぶつ》です。

「いったいだれが最強《さいきょう》の危険生物《きけんせいぶつ》なのですか？」

「それはズバリ、わし（人間《にんげん》）じゃ！（いかなる生物《せいぶつ》も知恵《ちえ》と道具《どうぐ》でかえりうちじゃ！）」

「ショ、ショチョージン（人《じん》）あらわる！」

というのはじょうだんです。同《おな》じ地球《ちきゅう》に暮《く》らす者同士《ものどうし》仲《なか》よくしなければなりません。ですから、読《どく》者《しゃ》のみなさんも生《い》き物《もの》は大切《たいせつ》にしましょうね！

もしも、戦国武将《せんごくぶしょう》が
作家《さっか》だったら？

大阪府高槻市《おおさかふたかつきし》・小池凛《こいけりん》ちゃん（11歳《さい》）

ズバリ！

ベストセラー作家《さっか》になるのはだれだ!?
みらい文庫作品《ぶんこさくひん》にたとえると…!?

■もしも、戦国武将《せんごくぶしょう》が作家《さっか》だったら？

「所長《しょちょう》、大阪府《おおさかふ》の凛《りん》ちゃんからお便《たよ》りです。『もしも、戦国武将《せんごくぶしょう》が作家《さっか》だったらどうなりますか？』」

「なるほど。さては凛《りん》ちゃん、将来《しょうらい》の夢《ゆめ》は作家《さっか》さんになることかな？」

世《よ》のなかにはたくさんの作家《さっか》がいて、そのジャンルもミステリー、ホラー、恋愛《れんあい》、コメディとさまざま。もしも戦国武将《せんごくぶしょう》が作家《さっか》だったら、どんなジャンルの本《ほん》を書《か》くでしょうか。

たとえば織田信長《おだのぶなが》。信長《のぶなが》は大《だい》の相撲好《すもうず》きとして知《し》られています。年《ねん》に数回《すうかい》、相撲大会《すもうたいかい》を開催《かいさい》し、がんばった者《もの》には褒美《ほうび》をあたえ、なかには家臣《かしん》にした者《もの》もいたそうです。参加者《さんかしゃ》が1500人《にん》をこえたこともあったといいますから、さぞもりあがったことでしょう。

そんな信長《のぶなが》が作家《さっか》だったら、相撲《すもう》はもちろん、サッカーやバスケットボールの試合《しあい》でかつやくするような青春《せいしゅん》スポーツ系《けい》を得意《とくい》とし、はげしいポジションあらそいや勝負《しょうぶ》の行方《ゆくえ》、はたまたチームワークの大切《たいせつ》さなど手《て》にあせにぎる物語《ものがたり》を読《よ》ませてくれるはず。

「そんな信長先生《のぶながせんせい》がオススメする集英社《しゅうえいしゃ》みらい文庫《ぶんこ》の作品《さくひん》があるゾ。それはこちら！」

「ちょっと待《ま》って！（メモメモ！）」

『わしのオススメはりょくち真太《しんた》先生《せんせい》の「**戦国《せんごく》ベースボール**」じゃ。主人公《しゅじんこう》の虎太郎《こたろう》くんが桶狭間《おけはざま》ファルコンズに入団《にゅうだん》し、わしら戦国武将《せんごくぶしょう》たちと熱戦《ねっせん》を繰《く》りひろげる物語《ものがたり》である。気《き》になった者《もの》はいますぐ本屋《ほんや》さんへヘッドスライディングじゃ！』

「なんでヘッドスライディングしなきゃいけないの！」

つづいては伊達政宗《だてまさむね》。政宗《まさむね》は手紙《てがみ》を書《か》くことが好《す》きな武将《ぶしょう》でした。直筆《じきひつ》の手紙《てがみ》が現在《げんざい》も多《おお》くのこされており、字《じ》も上手《じょうず》だったそうです。そんな政宗《まさむね》はまさに作家《さっか》むき。数々《かずかず》の作品《ひん》を世《よ》に送《おく》りだす人気作家《にんきさっか》になることでしょう。

政宗《まさむね》は相手《あいて》をおどろかせたり、感動《かんどう》させたりすることが好《す》きなロマンチストでもありましたから、もしも政宗《まさむね》が恋愛系《れんあいけい》の作品《さくひん》を書《か》けば、みんなの胸《むね》をキュンキュンさせることまちがいなしでしょう。

「そんな政宗先生《まさむねせんせい》のオススメ作品《さくひん》はこちら！」

『わしのオススメはみずのまい先生《せんせい》の「**たったひとつの君《きみ》との約束《やくそく》**」じゃ。おっといけない、作品名《さくひんめい》をいっただけで思《おも》いだしなみだが……すまぬ。持病《じびょう》がある主人公《しゅじんこう》の未来《みらい》ちゃんとサッカー大好《だいす》きひかりくんのせつなくて泣《な》ける恋《こい》の……ぐすん。なみだがとまらない。

もうだめでござる。あとは自分《じぶん》で確認《かくにん》してくれ！』

「独眼竜《どくがんりゅう》の目《め》にもなみだというわけか（メモメモ！）」

つづいてはひょうきん者《もの》で憎《にく》めない性格《せいかく》だったという豊臣秀吉《とよとみひでよし》。そんな秀吉《ひでよし》はユーモアがあり、ムードメーカーでもありました。また、彼《かれ》はおいしいもの好《ず》きとしても知《し》られていますので、もしも秀吉《ひでよし》が作家《さっか》だったら、料理《りょうり》にまつわる作品《さくひん》や、人《ひと》を笑顔《えがお》にさせるコメディ作品《さくひん》などでみんなを楽《たの》しませてくれるでしょう。

「そんな秀吉先生《ひでよしせんせい》のオススメ作品《さくひん》はこちら！（カンのよい子《こ》はもうわかったかな？）」

『わしのオススメは並木《なみき》たかあき先生《せんせい》の「**牛乳《ぎゅうにゅう》カンパイ係《がかり》、田中《たなか》くん**」じゃや。給食《きゅうしょく》のことならなんでもおまかせの田中《たなか》くんが給食《きゅうしょく》マスターをめざして奮闘《ふんとう》する物語《ものがたり》じゃ。わしはお肉《にく》があまり好《す》きではないのだが、田中《たなか》くんならその悩《なや》みも解決《かいけつ》してくれるはず。そんなたよりになる男《おとこ》の子《こ》が主人公《しゅじんこう》の作品《さくひん》じゃ！』

「所長《しょちょう》、もしかすると秀吉様《ひでよしさま》は天下人《てんかびと》をめざした自分《じぶん》と、給食《きゅうしょく》マスターをめざす田中《たなか》くんをかさねて見《み》ているのかもしれませんね！」

「そ、そうかもしれんのう……（なかなかするどい指摘《してき》をするではないかタローくん！）」

つづいては武田信玄《たけだしんげん》。「風林火山《ふうりんかざん》」の旗印《はたじるし》をかかげたことで知《し》られる信玄《しんげん》は「甲斐《かい》の虎《とら》」とおそれられていました。そんな信玄《しんげん》は戦《いくさ》だけでなく、甲斐《かい》の国《くに》（現在《げんざい》の山梨県《やまなしけん》）をよりよくするための政治力《せいじりょく》にもすぐれた武将《ぶしょう》でした。

信玄《しんげん》は雨《あめ》がふるとあふれだす川《かわ》を工事《こうじ》し、「信玄堤《しんげんづつみ》」というてい防《ぼう》をつくったり、北《きた》信濃《しなの》（長野県《ながのけん》の北部《ほくぶ》）を攻《せ》めるための軍用道路《ぐんようどうろ》「信玄棒道《しんげんぼうみち》」を開発《かいはつ》したり、と不便《ふべん》な環境《かんきょう》を整《ととの》えることにかけてとても優秀《ゆうしゅう》でした。そんな積極的《せっきょくてき》に都市開発《としかいはつ》をしていた信玄《しんげん》がもしも現代《げんだい》の新幹線《しんかんせん》を見《み》たとしたら、

『な、なんじゃあれは！　疾《はや》きこと風《かぜ》の如《ごと》くとはまさにあの乗《の》り物《もの》のことじゃい！』

と目《め》をキラキラかがやかせておどろくにちがいありません。そんな信玄《しんげん》が作家《さっか》だったら、近未来《きんみらい》やSF《エスエフ》ものを好《この》んで書《か》きそうです。（信玄《しんげん》のオススメ作品《さくひん》はこちら！）

『わしのオススメは豊田巧先生《とよだたくみせんせい》の**「電車《でんしゃ》で行《い》こう！」**である。これはもう電車好《でんしゃず》きにはたまらん一冊《いっさつ》じゃ。電車《でんしゃ》のことをたくさん知《し》れるのはもちろん、主人公《しゅじんこう》の雄太《ゆうた》くんを中心《ちゅうしん》とするトレイン・トラベル・チームがいろんな乗《の》り物《もの》に乗《の》って全国各地《ぜんこくかくち》にいくので、まるで旅行気分《りょこうきぶん》、いいや、天下《てんか》をとった気分《きぶん》になれる作品《さくひん》じゃや！』

もしも戦国武将《せんごくぶしょう》が作家《さっか》だったら？

織田信長《おだのぶなが》　熱血《ねっけつ》！青春《せいしゅん》スポーツ系作家《けいさっか》
オススメ作品《さくひん》　「戦国《せんごく》ベースボール」

伊達政宗《だてまさむね》　ロマンチストな恋愛系作家《れんあいけいさっか》
オススメ作品《さくひん》　「たったひとつの君《きみ》との約束《やくそく》」

豊臣秀吉《とよとみひでよし》　爆笑《ばくしょう》！天才《てんさい》コメディ系作家《けいさっか》
オススメ作品《さくひん》　「牛乳《ぎゅうにゅう》カンパイ係《がかり》、田中《たなか》くん」

武田信玄《たけだしんげん》　夢《ゆめ》があふれる近未来《きんみらい》SF《エスエフ》系作家《けいさっか》
オススメ作品《さくひん》　「電車《でんしゃ》で行こう！」

「所長《しょちょう》、もう全作品気《ぜんさくひんき》になるのでいまから本屋《ほんや》へいってきまーす！
（空想《くうそう》どころじゃねえ！）」
「待《ま》ちなさいタローくん、おーいタローくん！（ぐぬぬ、いってしまった……）」
ところで、『**実況《じっきょう》！空想武将研究所**《くうそうぶしょうけんきゅうじょ》』はどの武将《ぶしょう》に気《き》にいってもらえるでしょうか。読者《どくしゃ》のみなさんもいっしょに考《かんが》えてみてください。（ちょっと変《か》わっている作品《さくひん》だし、かぶき者《もの》の前田慶次《まえだけいじ》とかオススメしてくれんかな……）

もしも、戦国武将《せんごくぶしょう》がお笑《わら》い芸人《げいにん》だったら？

茨城県水戸市《いばらきけんみとし》・浅野晃汰《あさのこうた》くん（12歳《さい》）

ズバリ！

あの因縁《いんねん》のふたりが漫才《まんざい》コンビ結成《けっせい》!!
いちばんおもしろいコンビは…!?

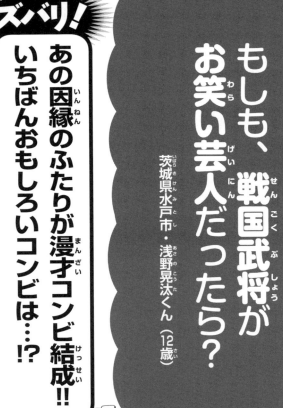

■もしも、戦国武将《せんごくぶしょう》がお笑《わら》い芸人《げいにん》だったら？

「そんなのカンケーねえ、そんなのカンケーねえ！（はい、オッパッピー）」

「ど、どうしたタローくん、パンツいっちょうでなにを……？」

「お笑《わら》い芸人《げいにん》のマネですよ。茨城県《いばらきけん》の晃汰《こうた》くんから、『もしも、戦国武将《せんごくぶしょう》がお笑《わら》い芸人《げいにん》だったら？』とのお便《たよ》りがとどきまして」

「なるほど。それでマネをしておったわけか。じゃが、カゼをひくといけないからそろそろ服《ふく》を着《き》なさい」

「でも、そんなのカンケーねえ！」

「カンケーあるわい！」

お笑《わら》い芸人《げいにん》のなかでもとくに漫才師《まんざいし》は人気《にんき》があり、テレビでもたくさん見《み》ますが、もしも、武将同士《ぶしょうどうし》が漫才《まんざい》をしたらどうなるでしょうか。

たとえば織田信長《おだのぶなが》と豊臣秀吉《とよとみひでよし》。このふたりといえば、冬《ふゆ》のさむい日《ひ》に秀吉《ひでよし》が信長《のぶなが》のぞうりが冷《つめ》たくならないよう自分《じぶん》の胸元《むなもと》で温《あたた》めていた話《はなし》が有名《ゆうめい》です。信頼関係《しんらいかんけい》の強《つよ》いコンビですから、きっと安定感《あんていかん》のある正統派漫才《せいとうはまんざい》が見《み》られるにちがいありません。

「コンビ名《めい》は**天下《てんか》トッターズ**じゃ。それでは彼《かれ》らの漫才《まんざい》をごらんください。どうぞ！」

信長《のぶなが》『おや、わしのぞうりがないゾ？』

秀吉《ひでよし》『殿《との》、ぞうりはわたくしめが温《あたた》めておきました（どうぞ！）』

信長《のぶなが》『さすが秀吉《ひでよし》じゃ。このようなさむい日《ひ》に冷《ひ》えたぞうりなどはきたくないからのう。どれどれ、さぞ温《あたた》かいことだ……ってつめてえええ！　めちゃくちゃつめたいやないかい！』

秀吉《ひでよし》『しまった！　ぞうりではなく、こおり・・・こおりをだしてしまった！』

信長《のぶなが》『なんでこおりをだしとんねん！　ぞうりをださんかい・・・！』

秀吉《ひでよし》『殿《との》、このたびの無礼《ぶれい》、まことにアイム、ソーリー！』

信長《のぶなが》『いや、なんで英語《えいご》やねん！　ぞうりだけにソーリーってか！　もうええわ！』

天下《てんか》トッターズの漫才《まんざい》は信長《のぶなが》の切《き》れ味《あじ》するどいツッコミと発想《はっそう》ゆたかな秀吉《ひでよし》のボケが見《み》所《どころ》。とくに信長《のぶなが》の大阪弁《おおさかべん》ツッコミははく力《りょく》があって見《み》ていて気持《きも》ちいいでしょう。

「タローくんも、たまにはわしに大阪弁《おおさかべん》でツッコんでもよいゾ！」

「ええええ、恥《は》ずかしいですよ……」

「そうか。まあ、気《き》がむいたらいつでもええゾ」

「わ、わかりました……」

「さて、つづいては徳川家康《とくがわいえやす》とペリーのコンビ。ツッコミが家康《いえやす》、ペリーがボケじゃ」

江戸幕府《えどばくふ》をひらき、約《やく》260年《ねん》にもなる天下泰平《てんかたいへい》の世《よ》を築《きず》いた家康《いえやす》のことですから、ツッコミは信長《のぶなが》とちがっておだやかでしょう。

一方《いっぽう》のペリーといえば、鎖国《さこく》をしていた江戸幕府《えどばくふ》に開国《かいこく》をせまった人物《じんぶつ》です。ペリーは巨大《きょだい》な黒船《くろふね》で襲来《しゅうらい》すると、船《ふね》につんだ大砲《たいほう》をうち鳴《な》らし、みんなをおどろかせたといいますから、いつも大《おお》きな声《こえ》で元気《げんき》よくボケるのが彼《かれ》のとくちょうです。そんなふたりのコンビ名《めい》はズバリ、**大江戸《おおえど》ボンバー**です。(それでは彼《かれ》らの国際漫才《こくさいまんざい》をどうぞ!)

「ちょっと、国際漫才《こくさいまんざい》ってなんですか!」

ペリー『イエヤスさーん、カイコクしてくだサーイ』

家康《いえやす》『いいや、開国《かいこく》はせんゾ。それよりもはやく準備《じゅんび》をせえ。いまから飛行機《ひこうき》に乗《の》って外国《がいこく》にいくのじゃから』

ペリー『あああ! いまカイコクするっていいましたネ!』

家康《いえやす》『い、いっとらんゾ！　外国《がいこく》（ガイコク）にいくといっただけじゃ』
ペリー『なーんだ、つまんないナ……』
家康《いえやす》『そうじゃペリー、空港《くうこう》にいく前《まえ》にスーパーマーケットによるゾ』
ペリー『どうしてスーパーによるのデスカ？』
家康《いえやす》『外国《がいこく》にいくと日本《にほん》の食《た》べものが食《た》べたくなるらしいからのう。スーパーで日本食《にほんしょく》をかいこむのじゃ！』
ペリー『うわあああ！　またカイコクっていった！（ヤッター、カイコクだ！）』
家康《いえやす》『ちがうわい。かいこむ（カイコム）といっただけじゃ。いちいち大《おお》きな声《こえ》でおどろくんじゃない。あと、たのむからはやく準備《じゅんび》をしてくれ。飛行機《ひこうき》に間《ま》にあわなかったらさいあくじゃ……』
ペリー『さいあく……サイアク……カイコク！』
家康《いえやす》『いっとらーん！（もういいよ！）』
　これが大江戸《おおえど》ボンバーの国際漫才《こくさいまんざい》です。ペリーのごうかいなボケと家康《いえやす》のてきかくなツッコミは多《おお》くの人《ひと》を笑《わら》わせることでしょう。

「よーしタローくん！　わしらもいっちょ師弟《してい》漫才《まんざい》をやってみるか！」

「いや、なんで漫才《まんざい》せなあかんねん、ええかげんにせええ！（バシッ！）やめさしてもらうわ！」

「つ、ついにタローくんが大阪弁《おおさかべん》でツッコんだゾ……」

戦国武将《せんごくぶしょう》たちはみんな個性《こせい》ゆたかな人《ひと》ばかり。そんな戦国武将《せんごくぶしょう》たちが『もしも、漫才《まんざい》グランプリに出場《しゅつじょう》したら』どうなるでしょうか？（つづきは、これまた第《だい》２弾《だん》『実況《じっきょう》！空想戦国武将研究所《くうそうせんごくぶしょうけんきゅうじょ》』で！）

大《だい》募《ぼ》集《しゅう》

空想《くうそう》武将《ぶしょう》研究所《けんきゅうじょ》では
研究《けんきゅう》テーマを募集《ぼしゅう》しています！

同封《どうふう》されている読者《どくしゃ》カードの
「この本《ほん》を読《よ》んだ感想《かんそう》、この本《ほん》に出《で》てくる
キャラクターについて自由《じゆう》に書《か》いてください。
イラストも OK です♪」という部分《ぶぶん》に

「もしも○○○○が○○○○だったら」

といったかたちで空想武将研究所《くうそうぶしょうけんきゅうじょ》で
研究《けんきゅう》してほしいテーマを書《か》いて送《おく》ってください。
キミの送《おく》ってくれたテーマを研究所《けんきゅうじょ》で
研究《けんきゅう》して発表《はっぴょう》したいと考《かんが》えています！

たとえば
もしも織田信長《おだのぶなが》が
会社《かいしゃ》の社長《しゃちょう》だったら
どうなるのかな〜 !?

※ いただいた個人情報は本企画以外の
目的で利用することはありません。

緊急停車《きんきゅうていしゃ》！ 消《き》えた乗客《じょうきゃく》の謎《なぞ》を追《お》え！

作《さく》・豊田巧《とよだたくみ》　絵《え》・裕龍《ゆうりゅう》ながれ

電車で行こう!
Densha de Iko!
登場人物紹介
高橋 雄太
たかはし ゆうた
TAKAHASHI YUTA
電車《でんしゃ》の悩《なや》みなら、なんでもおまかせ! 頼《たよ》れる乗《の》り鉄《てつ》
今野 七海
こんの ななみ
KONNO NANAMI
電車《でんしゃ》に詳《くわ》しくなりたくて、現在勉強《げんざいべんきょう》中《ちゅう》のお嬢《じょう》さま
的場 大樹
まとば たいき
MATOBA TAIKI
電車《でんしゃ》のデータなら、いつでも完璧《かんぺき》! 時《じ》刻表《こくひょう》の魔術師《まじゅつし》

上田　凛
うえだ りん
UEDA RIN
電車《でんしゃ》の中《なか》でも私鉄《してつ》をこよなく愛《あい》する関西人《かんさいじん》！
川勝　萌
かわかつ もえ
KAWAKATSU MOE
電車《でんしゃ》にはあまり興味《きょうみ》なしの、するどいツッコミ魔《ま》
小笠原 未来
おがさわら みらい
OGASAWARA MIRAI
電車《でんしゃ》の写真《しゃしん》を撮《と》るのが大好《だいす》きな、スポーツ少女《しょうじょ》！

僕《ぼく》は高橋雄太《たかはしゆうた》！
小学生《しょうがくせい》だけで電車《でんしゃ》に乗《の》って旅行《りょこう》しちゃうチーム、
Ｔ３《ティースリー》のリーダーだ。
Ｔ３《ティースリー》のメンバーは四人《よにん》で、みんな電車《でんしゃ》が大好《だいす》き。
そんな僕《ぼく》らが、今回乗《こんかいの》ったのは
『リバイバル北斗星《ほくとせい》』！
北斗星《ほくとせい》は、東京《とうきょう》の上野《うえの》〜北海道《ほっかいどう》の札幌《さっぽろ》を
結《むす》んでいた寝台特急《しんだいとっきゅう》なんだけど、
北海道新幹線《ほっかいどうしんかんせん》の開通《かいつう》で廃止《はいし》された列車《れっしゃ》なんだ。
今回《こんかい》限定復活《げんていふっかつ》したので
乗《の》ったんだけど、すごい雪《ゆき》で立《た》ち往生《おうじょう》。
そして密室《みっしつ》ともいえる車内《しゃない》で、
次々《つぎつぎ》に人《ひと》が消《き》えてしまう事件《じけん》が……！

僕《ぼく》らは寝台特急《しんだいとっきゅう》『北斗星《ほくとせい》』の、真《ま》っ暗《くら》な廊下《ろうか》を必死《ひっし》に駆《か》けていた！

「七海《ななみ》ちゃん、早《はや》く！　早《はや》く！」

僕《ぼく》は右腕《みぎうで》に力《ちから》を入《い》れて、コケそうになりながら走《はし》る七海《ななみ》ちゃんの左手《ひだりて》を強《つよ》く引《ひ》っぱる。

「うっ、うん。でっ、でも、みんなが……」

後《うし》ろをチョコチョコ振《ふ》り返《かえ》りながら、七海《ななみ》ちゃんは心配《しんぱい》そうな顔《かお》をした。

だけど、僕《ぼく》は奥歯《おくば》を噛《か》みながら、悔《くや》しそうな顔《かお》を左右《さゆう》に振《ふ》る。

「きっと、みんなは……もう……」

「そっ、そんな!?」

七海《ななみ》ちゃんの大《おお》きな瞳《ひとみ》に、一瞬《いっしゅん》で涙《なみだ》がジワッと浮《う》かぶ。

「この寝台特急《しんだいとっきゅう》には、きっと、もう僕《ぼく》ら二人《ふたり》と……あいつしかいない」

行《い》き止《ど》まりまで来《き》てしまった僕《ぼく》は立《た》ち止《ど》まり、後《うし》ろを振《ふ》り返《かえ》って廊下《ろうか》の先《さき》を見《み》つめる。

二〇メールほど先《さき》にある、1号車《ごうしゃ》と2号車《ごうしゃ》との間《あいだ》のデッキ部分《ぶぶん》に白《しろ》い煙《けむり》が流《なが》れはじめた。

それは冷凍庫《れいとうこ》を開《あ》けた時《とき》に見《み》るような、とても冷《つめ》たそうなものだった。

「ゆっ、雄太君《ゆうたくん》！」

逃《に》げる場所《ばしょ》を失《うしな》った七海《ななみ》ちゃんは、僕《ぼく》の右腕《みぎうで》にしがみつき体《からだ》をガクガク震《ふる》わせる。

「あっ、あいつだっ！　あいつが来《き》たんだっ！」

心臓《しんぞう》をつかまれそうな衝撃《しょうげき》が胸《むね》に走《はし》り、額《ひたい》からは汗《あせ》が何本《なんぼん》も流《なが》れた。

白《しろ》い煙《けむり》はすぅぅと廊下《ろうか》をはってきて、あっという間《ま》に僕《ぼく》らの足元《あしもと》に達《たっ》する。

「つっ、冷《つめ》たい……」

煙《けむり》から逃《に》げるように足《あし》を引《ひ》いた七海《ななみ》ちゃんは、僕《ぼく》の腕《うで》にしがみついて目《め》を閉《と》じた。

ビチャ……ビチャ……ビチャ……ビチャ……グルルル……………。

体液《たいえき》でビシャビシャにぬれた物体《ぶったい》が、地《ち》をはうような不気味《ぶきみ》な声《こえ》を響《ひび》かせながら、僕《ぼく》らのほうへゆっくりと迫《せま》ってくる。

「僕《ぼく》の後《うし》ろへ隠《かく》れていて！　七海《ななみ》ちゃん」

心細《こころぼそ》そうに「うっ……うん」とうなずいた七海《ななみ》ちゃんは、僕《ぼく》の背中《せなか》にすっと隠《かく》れた。

そして、身構《みがま》えた僕《ぼく》は、するどい目《め》であいつを睨《にら》みつけた！

みんないなくなった、北斗星《ほくとせい》

「雄太君《ゆうたくん》、私《わたし》たちは降《お》りないよねぇ〜？」

目《め》を開《ひら》くと、白《しろ》いワンピースを着《き》た七海《ななみ》ちゃんが、不安《ふあん》そうな顔《かお》でのぞきこんでいた。

目《め》をこすりながら周囲《しゅうい》を見《み》まわすと、寝台列車《しんだいれっしゃ》の開放型《かいほうがた》B《ビー》寝台《しんだい》だった。

開放型《かいほうがた》と呼《よ》ばれる寝台車《しんだいしゃ》は、二段《だん》ベッドを向《む》かい合《あ》わせにしたような構造《こうぞう》。

シートは、夜《よる》になったらベッドとして使用《しよう》するため、幅《はば》は七〇センチ、長《なが》さは二メートル近《ちか》くもあるから、僕《ぼく》ら小学生《しょうがくせい》なら三人《にん》ずつ並《なら》んで座《すわ》っても余裕《よゆう》の大《おお》きさだ。

向《む》かい合《あ》わせになった下段《げだん》シートには、T3《ティースリー》とKTT《ケーティーティー》のメンバーが六人《にん》で座《すわ》っていた。

T3《ティースリー》は、新横浜《しんよこはま》にあるエンドートラベルって旅行会社《りょこうがいしゃ》が作《つく》った、小学生《しょうがくせい》が電車旅行《でんしゃりょこう》するチーム『Train Travel Team《トレイン トラベル チーム》』の略《りゃく》で、KTT《ケーティーティー》は『Kansai Train Team《カンサイ トレイン チーム》』の略《りゃく》なんだよ。

進行方向《しんこうほうこう》の窓際《まどぎわ》に座《すわ》っている僕《ぼく》は、電車《でんしゃ》に乗《の》るのが大好《だいす》きな『乗《の》り鉄《てつ》』の高橋雄太《たかはしゆうた》。

さっき、右《みぎ》からのぞきこんでいたのは、鉄道初心者《てつどうしょしんしゃ》でお嬢《じょう》さまの今野七海《こんのななみ》ちゃん。

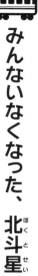

七海《ななみ》ちゃんの向《む》こうには、鉄道知識《てつどうちしき》がすごい『時刻表鉄《じこくひょうてつ》』の的場大樹《まとばたいき》が座《すわ》っていた。

そして、僕《ぼく》の前《まえ》の席《せき》には大《おお》きなデジカメを手《て》に持《も》つ『撮《と》り鉄《てつ》』の小笠原未来《おがさわらみらい》がいる。

ここまでがT3《ティースリー》のメンバーで、あとの二人《ふたり》はKTT《ケーティーティー》。

未来《みらい》の右側《みぎがわ》には、赤《あか》いベースボールキャップをかぶっている『私鉄大好《してつだいす》き鉄《てつ》』の上田凜《うえだりん》。

その右《みぎ》には黒《くろ》いゴシックドレスを着《き》た、僕《ぼく》のいとこの川勝萌《かわかつもえ》がブスッとした顔《かお》で座《すわ》っていた。

少《すこ》し戸惑《とまど》ったのは、僕《ぼく》はこの寝台列車《しんだいれっしゃ》に乗《の》りこんだ記憶《きおく》がなかったからだ。

「あれぇ〜。どうしてみんなと一緒《いっしょ》に、こんな列車《れっしゃ》に乗《の》っているの？」

僕《ぼく》が目《め》をパチパチさせながらつぶやくと、萌《もえ》は「はぁ〜」と大《おお》きなため息《いき》をつく。

「ゆうくん、なに寝《ね》ぼけてんのやぁ？　札幌《さっぽろ》から寝台特急《しんだいとっきゅう》『北斗星《ほくとせい》』に乗《の》ったからやん」

みんなはコクリとうなずくけど、僕《ぼく》は思《おも》いきりびっくりしてしまう。

「北斗星《ほくとせい》〜!?　北斗星《ほくとせい》は廃止《はいし》されたから、そんなの乗《の》れるわけないじゃん！」

上野《うえの》と札幌《さっぽろ》を結《むす》ぶ寝台特急北斗星《しんだいとっきゅうほくとせい》は、北海道新幹線開通時《ほっかいどうしんかんせんかいつうじ》に廃止《はいし》されてしまったのだ。

「これは『200％《パーセント》オレンジジュース』を発売《はつばい》している、関西《かんさい》のジュースメーカーさんが企画《きかく》したイベント列車《れっしゃ》の『リバイバル北斗星《ほくとせい》』ですから」

今日《きょう》も大人《おとな》っぽくネクタイをしている大樹《たいき》は、メガネのサイドに手《て》をかけながら微笑《ほほえ》む。

「リバイバル北斗星《ほくとせい》？」

僕《ぼく》が頭《あたま》に「？」を浮《う》かべていると、向《む》かいの上田《うえだ》が腕《うで》を組《く》んでエッヘンと胸《むね》を張《は》る。

「毎日毎日《まいにちまいにち》２００％《パーセント》オレンジジュース飲《の》みまくるのは大変《たいへん》やったでぇ～」

「上田君《うえだくん》がジュースに付《つ》いてくる応募券百枚《おうぼけんひゃくまい》をハガキに貼《は》って送《おく》って、イベント列車《れっしゃ》のチケットを当《あ》てたのよ。だから、みんなで乗《の》ることにしたでしょ。忘《わす》れたの？　雄太《ゆうた》」

未来《みらい》が心配《しんぱい》そうに見《み》つめるので、僕《ぼく》はあいそ笑《わら》いをしながら納得《なっとく》した。

「アハハ～そうだった……ね。今《いま》、僕寝起《ぼくねお》きだからさぁ～」

そこで窓《まど》から外《そと》を見《み》た僕《ぼく》は、両手《りょうて》を窓《まど》に押《お》しつけて、あごをはずさんばかりに驚《おどろ》いた。

「えっ!?　雪《ゆき》!?　しかも、こんなたくさん!?」

車窓《しゃそう》は一面銀世界《いちめんぎんせかい》。線路《せんろ》も沿線《えんせん》の家《いえ》も畑《はたけ》も道路《どうろ》も、雪《ゆき》にのみこまれようとしている。

「ゆうくん、ほんまに頭大丈夫《あたまだいじょうぶ》か？　朝《あさ》からめっちゃ降《ふ》ってたやろ～？　せやから――」

自分《じぶん》の頭《あたま》をコンコンたたいた萌《もえ》は、あきれた顔《かお》でスピーカーを指差《ゆびさ》す。

《ただいま、リバイバル北斗星《ほくとせい》は『南千歳《みなみちとせ》』に停車《ていしゃ》しております。列車《れっしゃ》は現在《げんざい》二時間近《じかんちか》く遅《おく》れており、天候《てんこう》を考《かんが》えますと、終点上野到着《しゅうてんうえのとうちゃく》は十時間以上遅《じゅうじかんいじょうおく》れる可能性《かのうせい》があります。振《ふり》替輸送《かえゆそう》を行《おこな》いますので、飛行機《ひこうき》をご利用《りよう》の方《かた》は新千歳空港行臨時列車《しんちとせくうこういきりんじれっしゃ》に、札幌《さっぽろ》へ引《ひ》き返《かえ》されるお客《きゃく》さまは札幌行快速《さっぽろいきかいそく》エアポートにお乗《の》り換《か》えください》

車内放送《しゃないほうそう》によると、雪《ゆき》の影響《えいきょう》で北斗星《ほくとせい》の上野到着《うえのとうちゃく》がかなり遅《おそ》くなりそうってことだった。

「俺《おれ》ら以外《いがい》は、みんなここで降《お》りてまいよるみたいやなぁ」

窓《まど》に額《ひたい》をつけた上田《うえだ》が、列車《れっしゃ》からホームへゾロゾロと降《お》りていく人《ひと》たちを見《み》つめる。

「だから、雄太君《ゆうたくん》に『降《お》りないんだよね？』って聞《き》いたのよ」

僕《ぼく》は、みんなの顔《かお》をグルリと見《み》まわしてからニヒッと笑《わら》う。

「降《お》りないよ！　だって、それだけ長《なが》い時間北斗星《じかんほくとせい》に乗《の》っていられるんでしょ！」

「そやろうなぁ〜。雄太《ゆうた》はそう言《い》うと思《おも》たわぁ」

上田《うえだ》が両手《りょうて》を頭《あたま》の後《うし》ろに組《く》んで微笑《ほほえ》むと、大輝《たいき》も「当然《とうぜん》ですよね」とうなずく。

七海《ななみ》ちゃんも未来《みらい》も盛《も》り上《あ》がる中《なか》、萌《もえ》だけが右手《みぎて》を額《ひたい》に当《あ》てながら迷惑《めいわく》そうにつぶやく。

「なんの罰《ばつ》ゲームやねん……」

「ちなみに、このリバイバル北斗星《ほくとせい》の編成《へんせい》はどうなっているの？」

僕《ぼく》が目《め》を輝《かがや》かせながら聞《き》くと、大輝《たいき》は三《み》つ折《お》りのパンフレットを開《ひら》いて見《み》せる。

「先頭《せんとう》は青《あお》い車体《しゃたい》に白《しろ》い星《ほし》の入《はい》ったディーゼル機関車《きかんしゃ》DD《ディーディー》51が一両《りょう》で牽《ひ》いています。その後《うし》ろから1号車《ごうしゃ》、2号車《ごうしゃ》、3号車《ごうしゃ》とB《ビー》寝台車《しんだいしゃ》。ここは3号車《ごうしゃ》の一番後《いちばんうし》ろの席《せき》ですね」

そこからは七海《ななみ》ちゃんが代《か》わって教《おし》えてくれる。

「後《うし》ろの4号車《ごうしゃ》はミニロビーとシャワー室《しつ》があって、5号車《ごうしゃ》は食堂車《しょくどうしゃ》なんだよ！」

「編成《へんせい》の最後尾《さいこうび》には電源車《でんげんしゃ》が連結《れんけつ》されていて、そこに車掌室《しゃしょうしつ》もあります」

大樹《たいき》は最後尾車両《さいこうびしゃりょう》を指差《ゆびさ》した。編成《へんせい》の内容《ないよう》を聞《き》いた僕《ぼく》は、一発《いっぱつ》で盛《も》り上《あ》がる！

「すごい！　こんなに短《みじか》い編成《へんせい》なのに、食堂車《しょくどうしゃ》もシャワー室《しつ》もあるなんて！」

その時《とき》、コツコツと足音《あしおと》を鳴《な》らしながら、タレ目《め》がかわいい女性車掌《じょせいしゃしょう》さんがやってくる。

車掌《しゃしょう》さんは濃《こ》いグレーのパンツタイプのスーツを着《き》て、頭《あたま》には丸《まる》い帽子《ぼうし》をかぶっていた。

「みんなは本当《ほんとう》に下車《げしゃ》しなくていいの？」

心配《しんぱい》そうに聞《き》く車掌《しゃしょう》さんに向《む》かって、僕《ぼく》らは元気《げんき》よく全員《ぜんいん》で手《て》をあげる。

『大丈夫《だいじょうぶ》で〜す!!』

「そう、わかったわ。ただ、雪《ゆき》の影響《えいきょう》で食材《しょくざい》が届《とど》かなくって……。食堂車《しょくどうしゃ》でお食事《しょくじ》は提供《ていきょう》できなくなってしまったの、ゴメンなさい」

そんな話《はなし》を聞《き》いた上田《うえだ》は、間髪《かんぱつ》いれずに大声《おおごえ》をあげる。

「えっ～マジかいなぁ～。北斗星《ほくとせい》のカレーライス食《た》べんの楽《たの》しみにしとったのにぃ～」

とたんに横《よこ》の萌《もえ》から、するどい突《つ》っこみが後頭部《こうとうぶ》へ向《む》かってはなたれる。

パシッとスイカをたたくような音《おと》がして、上田《うえだ》は「痛《いた》っ！」と前《まえ》へ倒《たお》れる。

「こんな時《とき》にワガママ言《い》いなっ！　ったく、これやからお子《こ》ちゃまは……もう」

萌《もえ》がブーと頬《ほお》をふくらませていると、車掌《しゃしょう》さんは口元《くちもと》に右手《みぎて》を当《あ》ててフフッと笑《わら》う。

「その代《か》わりと言《い》ってはなんですが、駅弁《えきべん》のほうをご用意《ようい》させて頂《いただ》きましたので……」

「おっ、それはタダでかいな!?」

そう聞《き》いた瞬間《しゅんかん》に、今度《こんど》は頭《あたま》の上《うえ》に「必殺《ひっさつ》！　萌《もえ》チョップ」が落《お》とされる。

「だからっ！　そういうのをヤメっちゅうてんのや！　ほんま恥《は》ずかしいわ～」

そんな大阪漫才《おおさかまんざい》のような二人《ふたり》のかけあいがおかしくて、僕《ぼく》らはお腹《なか》を抱《かか》えて笑《わら》った。

「駅弁《えきべん》は無料《むりょう》です。食堂車《しょくどうしゃ》のほうに用意《ようい》しておきますからね。それから、こちらもどうぞ」

車掌《しゃしょう》さんはシャワーカードを一枚《まい》ずつみんなに配《くば》ってくれた。この北斗星《ほくとせい》のロゴが入《はい》ったカードをシャワー室《しつ》の機械《きかい》に入《い》れると、五分間《ふんかん》だけお湯《ゆ》が出《で》るようになっているんだ。

「今日《きょう》のお客《きゃく》さまはみなさん六人《にん》だけですから、遅《おそ》くまでも起《お》きていても大丈夫《だいじょうぶ》よ」

そう言《い》いながら微笑《ほほえ》んだ車掌《しゃしょう》さんは、後部《こうぶ》へ向《む》かって通路《つうろ》を歩《ある》いていった。

鉄道好《てつどうず》きのみんなで、寝台特急《しんだいとっきゅう》を丸々《まるまる》一編《へん》成貸《せいか》し切《き》れるなんて最高《さいこう》だ！

僕《ぼく》の胸《むね》は高鳴《たかな》り、テンションはグングン上《あ》がった。

南千歳《みなみちとせ》を発車《はっしゃ》したのは21時《じ》。時刻表《じこくひょう》からいうと……すでに二時間半以上《じかんはんいじょう》の遅《おく》れ。

外《そと》は真《ま》っ暗《くら》。雪《ゆき》はさらに強《つよ》くなり、横殴《よこなぐ》りの豪雪《ごうせつ》が車窓《しゃそう》に打《う》ちつけられていた。

そんな雪《ゆき》のせいで列車《れっしゃ》は真《ま》っ暗《くら》な雪原《せつげん》で長時間停車《ちょうじかんていしゃ》し、動《うご》いてもノロノロ運転《うんてん》だった。

僕《ぼく》らは今《いま》まで電車《でんしゃ》で旅《たび》した時《とき》のことを「あの電車《でんしゃ》がよかったよね！」とか「あそこの鉄道《てつどう》は最高《さいこう》だった」と話《はな》し、時間《じかん》の経《た》つのも忘《わす》れて電車《でんしゃ》トークで盛《も》り上《あ》がった。

22時《じ》35分頃《ふんごろ》、列車《れっしゃ》はキィィンと高《たか》いブレーキ音《おん》をあげて停車《ていしゃ》した。

大樹《たいき》がぐっと体《からだ》を伸《の》ばして、窓《まど》に付《つ》いた曇《くも》りをクルクルと丸《まる》く拭《ふ》き取《と》る。

「ここは……小幌《こぼろ》って駅《えき》のようですね」

小《ちい》さな駅《えき》だからホームは二両分《りょうぶん》しかなく、後《うし》ろ五両《りょう》がホームからはみ出《だ》している。

小幌駅《こぼろえき》の周《まわ》りに家《いえ》はまったく見《み》えず、明《あ》かりはホームにある二《ふた》つの街灯《がいとう》だけ。

進行方向《しんこうほうこう》の函館方面《はこだてほうめん》には、真《ま》っ暗《くら》で不気味《ぶきみ》なトンネルの入《い》り口《ぐち》がポッカリ口《くち》を開《あ》けていた。

「うわぁ、お外《そと》は真《ま》っ白《しろ》だよぉ～」

窓《まど》に向《む》けて前《まえ》のめりとなった七海《ななみ》ちゃんは、僕《ぼく》のひざに上半身《じょうはんしん》をかぶせながら外《そと》を見《み》る。

「ニュースによると、今夜《こんや》はマイナス十度《じゅうど》くらいまで下《さ》がるようですよ」

「まっ、マイナス十度《じゅうど》!?　そんなん、外《そと》へ出《で》たら凍《こお》ってしまうやん」

びっくりした萌《もえ》は心配《しんぱい》そうな顔《かお》をするが、大輝《たいき》はやさしく微笑《ほほえ》み返《かえ》す。

「大丈夫《だいじょうぶ》ですよ。この客車《きゃくしゃ》は北海道《ほっかいどう》でも使《つか》えるように、強《つよ》い暖房《だんぼう》が付《つ》けられていますから」

「そうかぁ〜。ほな、車内《しゃない》におったら安心《あんしん》ってこっちゃな」

萌《もえ》は胸《むね》に右手《みぎて》を当《あ》てながら「ふぅ」とひと息《いき》つく。

車《くるま》で雪《ゆき》に閉《と》じこめられたら怖《こわ》いかもしれないけど、寝台列車《しんだいれっしゃ》で鉄道好《てつどうず》きの仲間《なかま》と一緒《いっしょ》だから、とっても楽《たの》しい。反対《はんたい》に「ずっとこのままでもいいのに……」なんて思《おも》っちゃうよね。

小幌《こぼろ》に停車《ていしゃ》して三十分《さんじゅっぷん》くらいすると、少《すこ》しあせった顔《かお》で車掌《しゃしょう》さんが小走《こばし》りでやってきた。

「どうかしたんですか？」

肩《かた》からアルミケースをかけていた車掌《しゃしょう》さんを、通路《つうろ》に一番近《いちばんちか》かった未来《みらい》が呼《よ》び止《と》める。

「この先《さき》の線路上《せんろじょう》に雪《ゆき》のかたまりがあるらしいの。危険《きけん》だから発炎筒《はつえんとう》を焚《た》こうと思《おも》ってね」

車掌《しゃしょう》さんは発炎筒《はつえんとう》が入《はい》っているアルミケースをパンとたたいてから続《つづ》ける。

「それに、雪《ゆき》のかたまりを片《かた》づけようとした運転手《うんてんしゅ》が、手《て》にケガをしたらしくって……」

『運転手《うんてんしゅ》さんがケガ!?』

さすがに心配《しんぱい》になって、みんなで声《こえ》を合《あ》わせて聞《き》き返《かえ》す。

「大丈夫《だいじょうぶ》ですよ。心配《しんぱい》しないでください。今《いま》から私《わたし》が状況《じょうきょう》を確認《かくにん》してきますから」

右手《みぎて》を左右《さゆう》に振《ふ》った車掌《しゃしょう》さんは、ニッコリと微笑《ほほえ》むと先頭《せんとう》へ向《む》かって歩《ある》いていった。

「こんなとこに停車《ていしゃ》してたら～ほんまに列車《れっしゃ》が、雪《ゆき》に埋《う》もれてまうんちゃうかぁ？」

上田《うえだ》がそんなことをぼやくと、萌《もえ》はブルッと体《からだ》を震《ふる》わせてから脳天《のうてん》にチョップを打《う》った。

「なっ、なに言《い》うてんねん！　こっ、怖《こわ》いこと言《い》わんといてやっ!!」

車掌《しゃしょう》さんは、なかなか戻《もど》ってこなかった。

さすがの僕《ぼく》らも心配《しんぱい》になって、だんだんと言葉数《ことばかず》が少《すく》なくなってしまう。

車掌《しゃしょう》さんが戻《もど》ってきたのは、様子《ようす》を見《み》にいってから三十分《さんじゅっぷん》くらい経《た》った時《とき》だった。

「運転手《うんてんしゅ》さんのおケガは大丈夫《だいじょうぶ》でしたか？」

大樹《たいき》に聞《き》かれて足《あし》を止《と》めた車掌《しゃしょう》さんは、アルミケースを床《ゆか》に置《お》きながら奥歯《おくば》を噛《か》む。

「みんなしかお客《きゃく》さまがいないから言《い》うけど……実《じつ》は……」

『実《じつ》は!?』

僕《ぼく》らはゴクリと唾《つば》を飲《の》みこみながら、上半身《じょうはんしん》を前《まえ》に伸《の》ばして車掌《しゃしょう》さんの唇《くちびる》に注目《ちゅうもく》する。

「運転手《うんてんしゅ》がいなくなっていたの……」

『えーーーーーーーーーーっ!!』

みんな、思《おも》わず体《からだ》を思《おも》いきり後《うし》ろへ引《ひ》いてしまうほど驚《おどろ》いた。

だって！　機《き》関《かん》車《しゃ》から運《うん》転《てん》手《しゅ》さんがいなくなるなんて、聞《き》いたことがないもん！

「どっ、どういうこっちゃ！　なぁ、車《しゃ》掌《しょう》さん！」

通《つう》路《ろ》に近《ちか》い席《せき》にいた萌《もえ》は、顔《かお》を真《ま》っ青《さお》にして車《しゃ》掌《しょう》さんの右《みぎ》腕《うで》をグイグイつかむ。

「どういうこと!?　雪《ゆき》の中《なか》のノロノロ運《うん》転《てん》がいやになって逃《に》げちゃったの!?」

「そっ、そうなんか!?　って！　そんなアホなことあるかい！」

パニック寸《すん》前《ぜん》になった未《み》来《らい》と上《うえ》田《だ》が迫《せま》ったが、車《しゃ》掌《しょう》さんも腕《うで》を組《く》み首《くび》を横《よこ》に振《ふ》るだけ。

「どういうことと言《い》われても……私《わたし》にもなにがなんだか……」

「車《しゃ》掌《しょう》さん、状《じょう》況《きょう》をくわしく聞《き》かせてもらえますか？」

メガネを光《ひか》らせた大《たい》樹《き》が、いつもの革《かわ》の手《て》帳《ちょう》を取《と》り出《だ》して、刑《けい》事《じ》のようにペンを構《かま》える。

車《しゃ》掌《しょう》さんは「私《わたし》にもよくわからないんだけど……」と言《い》ってから話《はな》しだす。

「機《き》関《かん》車《しゃ》のエンジンはかかったままで、運《うん》転《てん》台《だい》に誰《だれ》もいなかったのよ。『雪《ゆき》を処《しょ》理《り》しにいっているのかな？』と思《おも》って、先《さき》の線《せん》路《ろ》を見《み》たけど、そこにも運《うん》転《てん》手《しゅ》はいなかったの」

「つまり……運転手《うんてんしゅ》さんが行方不明《ゆくえふめい》になったってことですね？」

「でも、こんな周囲《しゅうい》に家《いえ》もない駅《えき》で行方不明《ゆくえふめい》になるなんて考《かんが》えられないわ」

「駅舎《えきしゃ》になにか取《と》りにいったとか？」

未来《みらい》が聞《き》くと、車掌《しゃしょう》さんはホームにあった雪《ゆき》に押《お》しつぶされそうな小《ちい》さな建物《たてもの》を指差《ゆびさ》す。

「ここの駅舎《えきしゃ》は、あの小《ちい》さな小屋《こや》一《ひと》つだけ。一応《いちおう》、中《なか》を見《み》たけど、誰《だれ》もいなかったわ」

そんな話《はなし》を聞《き》いた萌《もえ》は、涙目《なみだめ》になってギュッと両手《りょうて》に力《ちから》を入《い》れて叫《さけ》ぶ。

「消《け》されたんや――!! 運転手《うんてんしゅ》さんは、何者《なにもの》かに消《け》されたんや――!!」

そんな萌《もえ》の言葉《ことば》に、みんないっせいに『えっ!?』と驚《おどろ》く。

「そっ、そんなぁ〜萌《もえ》ちゃん。怖《こわ》いこと言《い》うたら……その……あかんてぇ〜」

さっきまで明《あか》るかった上田《うえだ》も、顔《かお》を真《ま》っ青《さお》にして体《からだ》を震《ふる》わせはじめる。

「怖《こわ》いも怖《こわ》くないもないがなっ！ こんなん『誰《だれ》かに消《け》された』って考《かんが》えるしかないやん！」

「え〜そうかいなぁ〜。雪《ゆき》を片《かた》づけとったら雪崩《なだれ》にあって埋《う》もれてもうたぁ〜とか？」

上田《うえだ》が頭《あたま》の横《よこ》をポリポリかきながら言《い》うが、「それはないわ」と車掌《しゃしょう》さんが否定《ひてい》する。

「そっ、そんなの怖《こわ》いよぉ〜。じゃあ、運転手《うんてんしゅ》さんを消《け》した人《ひと》が、もしかしたら、ここへもやってくるかもしれないってこと!?」

怖《こわ》くなったらしい未来《みらい》は、上田《うえだ》の肩《かた》にギュッとしがみついて背中《せなか》に隠《かく》れるようにした。

「大丈夫《だいじょうぶ》！　それは安心《あんしん》して」

車掌《しゃしょう》さんは自信満々《じしんまんまん》の顔《かお》で答《こた》え、ポケットから一《ひと》つの小《ちい》さな鍵《かぎ》を取《と》り出《だ》す。

「扉《とびら》の鍵《かぎ》は閉《し》めてきたから、もし変《へん》な人《ひと》が近《ちか》くにいたとしても列車《れっしゃ》には入《はい》れないわ」

みんなから「ほぉ～」と安心《あんしん》するため息《いき》が聞《き》こえてきた。

そして、その瞬間《しゅんかん》に「グゥゥ」と大《おお》きなお腹《なか》の音《おと》が部屋《へや》の中《なか》に響《ひび》く。

「上田《うえだ》はアホか！　なんで、こんな状況《じょうきょう》でお腹《なか》が鳴《な》らせるんやっ！」

萌《もえ》は上田《うえだ》の頭《あたま》にスパーンと突《つ》っこんだ。

「痛《いた》っ！　ゴメンやがな萌《もえ》ちゃん。ちょっと安心《あんしん》したら、腹減《はらへ》ってたのを思《おも》い出《だ》してたなぁ」

そんな僕《ぼく》らを見《み》た車掌《しゃしょう》さんはクスクスと笑《わら》って、少《すこ》し元気《げんき》を取《と》り戻《もど》したみたいだった。

「まだ、夕飯《ゆうはん》を食《た》べていなかったのね。私《わたし》から運転指令所《うんてんしれいじょ》に連絡《れんらく》して、代《か》わりの運転手《うんてんしゅ》さんを送《おく》ってもらうようにするから、みんなは食堂車《しょくどうしゃ》で駅弁《えきべん》を食《た》べて待《ま》っていて」

こういう時《とき》こそ、リーダーの僕《ぼく》がしっかりしないとっ！

周囲《しゅうい》を見《み》まわした僕《ぼく》は、すくっと最初《さいしょ》に立《た》ち上《あ》がった。

「腹《はら》が減《へ》ってはなんとやらだし、みんな、とりあえず夕飯《ゆうはん》にしようよ！」

大樹《たいき》も「そうですね」と立《た》ち上《あ》がり、未来《みらい》たち女子《じょし》三人《にん》は目《め》を合《あ》わせてからうなずく。

通路《つうろ》へ出《で》た瞬間《しゅんかん》、僕《ぼく》はズルッとすべったが、なんとかこけないように踏《ふ》んばった。

「大丈夫《だいじょうぶ》？　雄太君《ゆうたくん》」

すぐ後《うし》ろの七海《ななみ》ちゃんに聞《き》かれた。僕《ぼく》は足元《あしもと》の床《ゆか》を見《み》つめる。

「床《ゆか》が水《みず》でぬれていたみたいでさ……」

車掌《しゃしょう》さんの足元《あしもと》から雪《ゆき》がとけた水《みず》なのか、通路《つうろ》はじっとりとぬれていた。

「おケガはありませんか？」

車掌《しゃしょう》さんが心配《しんぱい》そうに聞《き》いたので、僕《ぼく》は「大丈夫《だいじょうぶ》です」と答《こた》えて食堂車《しょくどうしゃ》に向《む》かう。

みんなも、一人《ひとり》ずつシートから出《で》てきて一列《れつ》になって続《つづ》いた。

壁《かべ》にそってソファの並《なら》ぶミニロビーと、シャワー室《しつ》が二《ふた》つある四号車《ごうしゃ》を過《す》ぎ、『グランシャリオ』と書《か》かれた金《きん》のプレートのかかる木目調《もくめちょう》の扉《とびら》を開《ひら》く。

「うわぁ～食堂車《しょくどうしゃ》は昔《むかし》のままねぇ～」

七海《なな み》ちゃんは、胸《むね》の前《まえ》に手《て》を合《あ》わせてうれしそうに言《い》う。

前《まえ》にも来《き》たことがあるけど、北斗星《ほくとせい》の食堂車《しょくどうしゃ》は、まるで高級《こうきゅう》レストランのようだった。

白《しろ》い壁《かべ》には大《おお》きな長方形《ちょうほうけい》の窓《まど》が並《なら》び、ゆるいアーチ状《じょう》の天井《てんじょう》からオレンジのランプが吊《つ》られている。真《ま》ん中《なか》に通路《つうろ》があり二人用《ふたりよう》と四人用《よにんよう》のテーブルが左右《さゆう》にズラリと並《なら》んでいた。

そんなテーブルの一《ひと》つにダンボールが置《お》かれていて、中《なか》には北海道《ほっかいどう》で有名《ゆうめい》な駅弁《えきべん》と200%《パーセント》オレンジジュースとお茶《ちゃ》のペットボトルが十個《じゅっこ》ずつ入《はい》っていた。

運転手《うんてんしゅ》さんのことは心配《しんぱい》だったけど、美味《おい》しそうな駅弁《えきべん》を見《み》たらお腹《なか》が鳴《な》っちゃう。

「やっぱり北海道《ほっかいどう》ちゅうたらカニやろう？」

上田《うえだ》が両手《りょうて》をチョキにして『三大蟹味《さんだいかにあじ》くらべ弁当《べんとう》』を取《と》ると、未来《みらい》も同《おな》じものを取《と》った。

「私《わたし》、いくらが大好《だいす》き～」

と、七海《なな み》ちゃんが『石狩鮭《いしかりさけ》めし』を取《と》り、大樹《たいき》は「僕《ぼく》はこれにします」と『幕《まく》の内弁当《うちべんとう》いしかり』を両手《りょうて》で取《と》り出《だ》し、飲《の》みものも持《も》って近《ちか》くのテーブルに移動《いどう》する。

「僕《ぼく》はどれにしようかなぁ～」

と、あごに手《て》を当《あ》てて悩《なや》んでいると、左肩《ひだりかた》にヒタリとすごく冷《つめ》たいものが当《あ》たった。

思《おも》わず横《よこ》へ飛《と》びながら「冷《つめ》たっ！」と叫《さけ》んで振《ふ》り向《む》くと、そこには萌《もえ》が立《た》っていた。

萌《もえ》はみんなより少《すこ》し遅《おく》れて、最後《さいご》に食堂車《しょくどうしゃ》へ来《き》たみたいだった。

「どうしたんや？　ゆうくん。そんなに驚《おどろ》いてぇ～」

萌《もえ》と当《あ》たった僕《ぼく》のシャツの袖《そで》は、ジットリとぬれていた。

「いや……ちょっと、萌《もえ》の肩《かた》が冷《つめ》たかったからさ……」

萌《もえ》は「なに変《へん》なこと言《い》うてんの？」と言《い》いながら、ダンボールをのぞきこむ。

「きっと、車掌《しゃしょう》さんの体《からだ》に付《つ》いとった雪《ゆき》が、私《わたし》に落《お》ちたんや」

その時《とき》、僕《ぼく》は「あれ？」と違和感《いわかん》を覚《おぼ》えた。

萌《もえ》は自分《じぶん》のことを関西弁《かんさいべん》で「うち」って言《い》うのに、珍《めずら》しく「私《わたし》」と言《い》ったからだ。

それに、さっきあんなにパニクっていたのに、すごく落《お》ち着《つ》いているのも不思議《ふしぎ》だった。

七海《ななみ》ちゃん、上田《うえだ》、大樹《たいき》、未来《みらい》が食堂車中央《しょくどうしゃちゅうおう》の四人用《よにんよう》テーブルに座《すわ》り、僕《ぼく》と萌《もえ》は通路《つうろ》をはさんだ二人用《ふたりよう》テーブルに座《すわ》る。

そこで目《め》を合《あ》わせた僕《ぼく》らは、みんなで声《こえ》を合《あ》わせて言《い》った。

『いっただきま～す!!』

駅弁《えきべん》の包《つつ》み紙《がみ》をていねいに開《ひら》くと、食堂車内《しょくどうしゃない》は美味《おい》しそうな香《かお》りに包《つつ》まれる。

「まぁ、外《そと》はマイナス十度《じゅうど》の豪雪《ごうせつ》って状況《じょうきょう》で食《た》べる駅弁《えきべん》ちゅうのも、オツなもんやなぁ」

上田《うえだ》はカニのたっぷり載《の》ったごはんを、口《くち》へカッカッとかきこむ。

「それもそうね。こういうことなんてめったにないもんね」

未来《みらい》は車窓《しゃそう》から見《み》える雪景色《ゆきげしき》をカシャリと撮《と》った。

外《そと》はビュービューと吹雪《ふぶき》になっていて、ホームには雪《ゆき》が五〇センチくらいつもっている。

僕《ぼく》らが一時間《じかん》くらいかけて駅弁《えきべん》を食《た》べ、お弁当箱《べんとうばこ》を片《かた》づけはじめた時《とき》だった。

「あ〜そういえば、シャワーカードもらっていたんだった」

未来《みらい》が車掌《しゃしょう》さんからもらったシャワーカードをポケットから出《だ》して見《み》つめる。

すると、萌《もえ》が未来《みらい》の右腕《みぎうで》にクルンと両腕《りょううで》を巻《ま》きつけた。

「未来《みらい》ちゃん、私《わたし》と一緒《いっしょ》にシャワー浴《あ》びにいこうなぁ」

一瞬《いっしゅん》、未来《みらい》は驚《おどろ》いたような顔《かお》を見《み》せてから、ニコリと笑《わら》った。

「そっ、そうだねっ！　じゃあ一緒《いっしょ》に行《い》こっか！」

未来《みらい》が目《め》をパチクリさせているのは、萌《もえ》の腕《うで》がすっごく冷《つめ》たかったからに違《ちが》いない。

そこで上田《うえだ》が勢《いきお》いよく立《た》ち上《あ》がる。

「ほっ、ほな俺《おれ》も一緒《いっしょ》にシャワーをっ！」

これは上田《うえだ》のボケだけど、そんなことしたら、当然《とうぜん》萌《もえ》からのツッコミが……って、あれ？

「上田君《うえだくん》、確《たし》か……シャワー室《しつ》は二《ふた》つしかないから、三人《にん》は無理《むり》やない？」

萌《もえ》が、頬《ほお》に伸《の》ばした右《みぎ》の人差《ひとさ》し指《ゆび》を当《あ》てながら、やさしくつぶやく。

拍子抜《ひょうしぬ》けしたように、上田《うえだ》は「そっ……そうやな」と答《こた》えた。

「じゃあ、私《わたし》たちが先《さき》にシャワー室使《しつつか》わせてもらうねぇ～」

前方車両《ぜんぽうしゃりょう》へ向《む》かって走《はし》っていく未来《みらい》と萌《もえ》を僕《ぼく》らは手《て》を振《ふ》って見送《みおく》った。

広《ひろ》い食堂車《しょくどうしゃ》に僕《ぼく》と上田《うえだ》と七海《ななみ》ちゃんの三人《にん》が、一《ひと》つのテーブルにポツンと残《のこ》る。

大樹《たいき》はみんなより少《すこ》し早《はや》く駅弁《えきべん》を食《た》べ終《お》えて、「ちょっと」と食堂車《しょくどうしゃ》から出《で》ていたのだ。

「上田君《うえだくん》やてぇ～。萌《もえ》ちゃんが俺《おれ》を君《くん》づけで呼《よ》んでくれたん、きっと初《はじ》めてちゃうかぁ～」

上田《うえだ》は、頬《ほお》を赤《あか》くしながらうれしそうに言《い》うけど、僕《ぼく》はそれにも違和感《いわかん》を覚《おぼ》える。

「そのことだけどさぁ――」

僕《ぼく》が萌《もえ》への違和感《いわかん》をみんなに相談《そうだん》しようとした時《とき》、大樹《たいき》が４号車《ごうしゃ》のほうから現《あらわ》れた。

「やはり……車掌《しゃしょう》さんがどこにもいませんね」

「車掌《しゃしょう》さんがいない？　一番後《いちばんうし》ろの電源車《でんげんしゃ》の車掌室《しゃしょうしつ》にいるんじゃない？」

七海《ななみ》ちゃんは食堂車後方《しょくどうしゃこうほう》を見《み》つめる。その先《さき》には「乗務員室《じょうむいんしつ》」と書《か》かれた扉《とびら》があった。

大樹《たいき》は首《くび》を左右《さゆう》に振《ふ》る。

「車掌《しゃしょう》さんは食堂車《しょくどうしゃ》へ来《き》ていません。今《いま》、見《み》てきましたが前方客車《ぜんぽうきゃくしゃ》にもいなかったですよ」

『えーーーっ!?』

僕《ぼく》と七海《ななみ》ちゃんと上田《うえだ》の三人《にん》は驚《おどろ》いて、思《おも》わず声《こえ》をあげた。

「もしかして……運転手《うんてんしゅ》さんに続《つづ》いて、車掌《しゃしょう》さんも消《き》えたってこと!?」

「そんなアホなぁ〜。運転手《うんてんしゅ》さんと車掌《しゃしょう》さんが同時《どうじ》にいなくなるやなんてぇ〜」

七海《ななみ》ちゃんがタタッと走《はし》って後部《こうぶ》まで行《い》き、そこから電源車内《でんげんしゃない》の乗務員室《じょうむいんしつ》をのぞく。

「ほっ、本当《ほんとう》だ！　中《なか》には誰《だれ》もいないよぉ〜」

七海《ななみ》ちゃんはドアノブをガチャガチャとさわるが、鍵《かぎ》は閉《し》まっているようだった。

「やはり、二人《ふたり》は消《き》えたようですね」

「たっ、大樹《たいき》は、ほんまに怖《こわ》いこと言《い》うなぁ〜」

体《からだ》を震《ふる》わせながら上田《うえだ》がつぶやくと、大樹《たいき》はメガネのサイドに右手《みぎて》をそえる。

「これは怪談《かいだん》や冗談《じょうだん》ではありません。目《め》の前《まえ》で起《お》きている現実《げんじつ》です！」

するどい目《め》つきの大樹《たいき》に見《み》られた僕《ぼく》らは、ゴクリと唾《つば》を飲《の》みこむ。

いても立《た》ってもいられなかった僕《ぼく》は、バンとテーブルを右手《みぎて》でたたいた。

「なっ、なにが列車内《れっしゃない》で起《お》きているっていうんだ!?　大樹《たいき》!?」

「これはあくまでも僕《ぼく》の推測《すいそく》ですが……」

大樹《たいき》はそう前置《まえお》きをしてから語《かた》りはじめる。

「小幌駅《こぼろえき》で北斗星《ほくとせい》を待《ま》ち伏《ぶ》せていた、何者《なにもの》かがいたのだと思《おも》います。仮《かり》に『A《エー》』としておきますが……このA《エー》が雪《ゆき》のかたまりを作《つく》って線路《せんろ》に置《お》いて列車《れっしゃ》を停車《ていしゃ》させ、それを見《み》にきた運転手《うんてんしゅ》さんをとらえたのではないでしょうか？　そして、そのA《エー》が車掌《しゃしょう》さんも……」

驚《おどろ》いた七海《ななみ》ちゃんは目《め》を真《ま》ん丸《まる》にする。

「そんなっ！　だって、扉《とびら》の鍵《かぎ》は閉《し》めたから大丈夫《だいじょうぶ》って車掌《しゃしょう》さんがっ！」

「車掌《しゃしょう》さんが機関車《きかんしゃ》へ行《い》く瞬間《しゅんかん》に、入《い》れ替《か》わるように中《なか》へ入《はい》ってきたのかもしれません」

「なんやとっ！　つまり、A《エー》とかいうあぶないやつが、車内《しゃない》に入《はい》りこんだちゅうことか!?」

「きゃ――!!」

怖《こわ》くなった七海《ななみ》ちゃんは、自分《じぶん》を抱《だ》くように両手《りょうて》を体《からだ》に巻《ま》きつけながらしゃがみこんだ。

上田《うえだ》と大樹《たいき》は、未来《みらい》と萌《もえ》の走《はし》っていった先頭部《せんとうぶ》を同時《どうじ》に見《み》つめる。

「それじゃあ、萌《もえ》ちゃんと未来《みらい》ちゃんがあぶないんじゃない!?」

七海《ななみ》ちゃんのそんな言葉《ことば》を聞《き》いた僕《ぼく》は、すぐに4号車《ごうしゃ》へ向《む》かって走《はし》りだす。

上田《うえだ》が「おい！　雄太《ゆうた》」と叫《さけ》ぶが、僕《ぼく》は無視《むし》して走《はし》った。

ダダダダッと食堂車《しょくどうしゃ》を駆《か》け抜《ぬ》け二《ふた》つの扉《とびら》が並《なら》ぶシャワー室前《しつまえ》に着《つ》く。

手前《てまえ》の扉《とびら》のノブに手《て》をかけて引《ひ》いてみるが、中《なか》から鍵《かぎ》がかかっていて開《ひら》かない。

僕《ぼく》は「くそっ！」と言《い》い放《はな》つと、奥《おく》の扉《とびら》のノブを握《にぎ》って思《おも》いきり手前《てまえ》に引《ひ》く。

奥《おく》の扉《とびら》には鍵《かぎ》がかかっておらず、ガチャンと音《おと》をたててドアは手前《てまえ》に開《ひら》いた。

「萌《もえ》――!!　未来《みらい》――!!」

手前《てまえ》の脱衣所《だついじょ》には誰《だれ》もおらず、萌《もえ》の着《き》ていた黒《くろ》いゴシックドレスが脱《ぬ》ぎ捨《す》てられていた。

僕《ぼく》は縦《たて》に折《お》れる扉《とびら》に肩《かた》をぶつけて、奥《おく》のシャワー室《しつ》へ入《はい》るが、そこにも誰《だれ》もいなかった。

「もっ、萌《もえ》は!?　未来《みらい》はどこへ行《い》ったんだ!?」

僕《ぼく》が周囲《しゅうい》を見《み》まわすと、シャワー室《しつ》の排水口《はいすいこう》に見《み》たこともない物体《ぶったい》がいた。

「なっ、なんだ……これは!?」

直径《ちょっけい》三〇センチくらいのゲル状《じょう》の透明《とうめい》なもので、まるで呼吸《こきゅう》しているように見《み》えた。

そこに上田《うえだ》がやってきてドンドンドンと、手前《てまえ》のシャワー室《しつ》の扉《とびら》を叩《たた》きだす。

「萌《もえ》ちゃ〜ん！　未来《みらい》ちゃ〜ん!!　あかん！　ここは鍵《かぎ》が閉《し》まっとるわ！」

僕《ぼく》は静《しず》かに脱衣所《だついじょ》まで後《あと》ずさりをしながら、振《ふ》り返《かえ》って上田《うえだ》を呼《よ》ぶ。

「上田《うえだ》……こっちへ来《き》てくれ！　なにか変《へん》な物体《ぶったい》がいるんだ！」

「なんやて！　変《へん》なもんがおる〜!?」

すぐに上田《うえだ》はやってきたが「？」って顔《かお》をして少《すこ》し怒《おこ》った。

「雄太《ゆうた》、なんもおらんやないか！　こんな時《とき》になに言《い》うてんねん！」

僕《ぼく》は「えっ!?」と驚《おどろ》いて排水口《はいすいこう》を見直《みなお》すと、さっきの物体《ぶったい》は完全《かんぜん》に消《き》え去《さ》っていた。

「どっ、どういうことだ!?　さっきまで、そこにいたのに!?」

僕《ぼく》らが顔《かお》を見合《みあ》わせると、隣《となり》の扉《とびら》が開《ひら》く音《おと》がしたので、僕《ぼく》と上田《うえだ》は急《いそ》いで飛《と》び出《だ》す。

鍵《かぎ》がかかっていたシャワー室《しつ》からは、頭《あたま》にバスタオルを載《の》せた未来《みらい》が現《あらわ》れた。

「どうしたの？　そんな血相《けっそう》変えて？　みんなもシャワー使《つか》いたかったの？」

未来《みらい》はきょとんとしながら、ぬれた髪《かみ》をクシュクシュとバスタオルで拭《ふ》く。

「そうやない！　どうも不審者《ふしんしゃ》が車内《しゃない》をうろついとるみたいなんや！」

上田《うえだ》からそんなことを聞《き》いたら、未来《みらい》はきっと怖《こわ》がると思《おも》ったけど、なぜか冷静《れいせい》だった。

「そんなことあるわけないでしょ。上田君《うえだくん》、ちょっと落《お》ち着《つ》いたら？」

今度《こんど》は未来《みらい》に対《たい》して、僕《ぼく》は違和感《いわかん》を覚《おぼ》える。

未来《みらい》はこんな状況《じょうきょう》で落《お》ち着《つ》いていられるタイプじゃないはずなのに……。

そこに立《た》っている未来《みらい》は、僕《ぼく》の知《し》っている未来《みらい》じゃないような気《き》がしてくる。

「未来《みらい》……萌《もえ》はどうしたの？」

「萌《もえ》ちゃんなら『忘《わす》れ物《もの》をした』って、シャワーを浴《あ》びる前《まえ》に部屋《へや》に戻《もど》ったよ」

「部屋《へや》に戻《もど》った～？　だって、着《き》ていた服《ふく》はそこに残《のこ》っているよ」

僕《ぼく》が黒《くろ》いゴシックドレスを指差《ゆびさ》して強《つよ》く言《い》うと、未来《みらい》は「え？」と驚《おどろ》いたような顔《かお》をした。

「パジャマを持《も》ってきていたから、きっと、着替《きが》えてから部屋《へや》に戻《もど》ったんじゃないかな？」

「ひっ、一人《ひとり》じゃあぶない！」

僕《ぼく》が通路《つうろ》を走《はし》りだそうとすると、未来《みらい》がペタンとフロアに座《すわ》りこむ。

「わっ……私《わたし》……怖《こわ》いよぉ」

怯《おび》えてしまった未来《みらい》は、完全《かんぜん》に腰《こし》が抜《ぬ》けてしまったみたいだった。

上田《うえだ》は未来《みらい》に寄《よ》り添《そ》うように横《よこ》にしゃがむ。

「雄太《ゆうた》らは部屋《へや》におる萌《もえ》ちゃんを頼《たの》むわ。俺《おれ》はここで未来《みらい》ちゃんを守《まも》っておくから」

「じゃあ、未来《みらい》は頼《たの》むよ、上田《うえだ》！」

「おう、任《まか》せとけ！」

僕《ぼく》と大樹《たいき》と七海《ななみ》ちゃんは、二人《ふたり》を残《のこ》して4号車《ごうしゃ》から僕《ぼく》らの部屋《へや》のある3号車《ごうしゃ》へ走《はし》った。

一番手前《いちばんてまえ》にあった僕《ぼく》らの部屋《へや》へ飛《と》びこみながら、僕《ぼく》は目《め》をつむって叫《さけ》ぶ。

「萌《もえ》―――――――――!!」

ゆっくりと目《め》を開《あ》けてみると、そこに萌《もえ》はいなかった。

「前《まえ》のほうにいるのかもしれません！」

気《き》をつかった大樹《たいき》は、すぐに前方客車《ぜんぽうきゃくしゃ》へ向《む》かって通路《つうろ》を走《はし》っていく。

肩《かた》を落《お》とした僕《ぼく》は、「萌《もえ》……」とつぶやいてフロアにガックリとひざをついた。

そんな僕《ぼく》の肩《かた》に七海《ななみ》ちゃんが、右手《みぎて》をポンと置《お》いてくれる。

「きっと、萌《もえ》ちゃんは大丈夫《だいじょうぶ》だから……。ねっ、雄太君《ゆうたくん》」

見上《みあ》げると、自分《じぶん》も怖《こわ》いはずなのに、七海《ななみ》ちゃんは必死《ひっし》に笑顔《えがお》を作《つく》ってくれていた。

なにか変《へん》だ。これはA《エー》じゃなく、まさかあの物体《ぶったい》が関係《かんけい》しているんじゃ……。

そんなことを考《かんが》えはじめた時《とき》、後《うし》ろから走《はし》ってくる足音《あしおと》が聞《き》こえ、やがて上田《うえだ》が現《あらわ》れた。

「萌《もえ》ちゃんはどうやった？　どっかにおったか？」

七海《ななみ》ちゃんが首《くび》を左右《さゆう》に振《ふ》る。

「部屋《へや》にはいなかったの。今《いま》、大樹君《たいきくん》が前《まえ》の客車《きゃくしゃ》を見《み》にいってくれているけど……」

これはみんなに話《はな》しておかないと、きっと、とんでもないことになる！

「みんな！　僕《ぼく》の考《かんが》えを聞《き》いて――」

頭《あたま》に浮《う》かんでいた恐《おそ》ろしい推理《すいり》をみんなに話《はな》そうとした瞬間《しゅんかん》、上田《うえだ》が通路《つうろ》を走《はし》りだす。

「一人《ひとり》になったらA《エー》にやられてまう！　大樹《たいき》は俺《おれ》が連《つ》れ戻《もど》してくるわ」

「おいっ、上田《うえだ》！　この事件《じけん》はA《エー》のせいじゃないかもしれないんだっ！」

僕《ぼく》は心配《しんぱい》して声《こえ》をかけたが、上田《うえだ》はニコリと笑《わら》って手《て》をあげる。

「その話《はなし》は、あとで大樹《たいき》と一緒《いっしょ》に聞《き》くわ～!!」

そのままタタッと2号車《ごうしゃ》へ向《む》けて走《はし》っていってしまった。

僕《ぼく》と七海《ななみ》ちゃんは、上田《うえだ》の姿《すがた》が見《み》えなくなると部屋《へや》の中《なか》へ入《はい》る。

本当《ほんとう》ならちょっと恥《は》ずかしくってそんなことはできないけど、心細《こころぼそ》くなってしまった僕《ぼく》らは、寄《よ》りそうようにして進行方向《しんこうほうこう》のシートに並《なら》んで座《すわ》った。

「大丈夫《だいじょうぶ》かな？　上田君《うえだくん》……大樹君《たいきくん》……未来《みらい》ちゃん……」

七海《ななみ》ちゃんが僕《ぼく》の腕《うで》に手《て》を置《お》いて言《い》う。

「きっと大丈夫《だいじょうぶ》だよ」

僕《ぼく》は自分《じぶん》に言《い》い聞《き》かせるようにしながら、七海《ななみ》ちゃんの手《て》に右手《みぎて》を重《かさ》ねた。

だけど、十分《じゅっぷん》……十五分《じゅうごふん》……二十分《にじゅっぷん》たっても、部屋《へや》には誰《だれ》も戻《もど》ってこない。

ここから機関車《きかんしゃ》までは三両《りょう》しかないから、全力疾走《ぜんりょくしっそう》なら一分《いっぷん》もかからないはずなのに。

僕《ぼく》は今《いま》までに起《お》きた違和感《いわかん》を頭《あたま》の中《なか》で整理《せいり》して、自分《じぶん》なりに推理《すいり》し直《なお》していた。

この事件《じけん》はA《エー》によるものではなく、あの変《へん》な物体《ぶったい》が関《かか》わっているとしたら……。

そして、あの物体《ぶったい》がどんな方法《ほうほう》を使《つか》っているのかわからないけど、謎《なぞ》の力《ちから》を使《つか》ってみんなを操《あやつ》っているんじゃないかと思《おも》った。

だから、萌《もえ》も未来《みらい》も変《へん》になってしまったんだ。きっと運転手《うんてんしゅ》さんや車掌《しゃしょう》さんも……。

その時《とき》、先頭《せんとう》のほうからビチャ……ビチャという音《おと》がゆっくり近《ちか》づいてきた。

やっぱり、そういうことか！

「七海《ななみ》ちゃん、こっちへ！」

僕《ぼく》は素早《すばや》く立《た》ち上《あ》がると、七海《ななみ》ちゃんを部屋《へや》の奥《おく》へと入《い》れてシートの間《あいだ》に立《た》った。

「……雄太君《ゆうたくん》」

背中《せなか》に隠《かく》れた七海《ななみ》ちゃんは、震《ふる》えた両手《りょうて》で僕《ぼく》のシャツの後《うし》ろをギュと握《にぎ》る。

僕《ぼく》はやられないぞっ！　なっ、なにか武器《ぶき》はないか!?

周囲《しゅうい》を見《み》まわした僕《ぼく》は、車掌《しゃしょう》さんが置《お》いていったアルミケースの中《なか》から、一本《いっぽん》の赤《あか》い筒《つつ》を取《と》り出《だ》すとポケットへ放《ほう》りこむ。

ビチャ……ビチャ……ビチャ。

足音《あしおと》が止《と》まった瞬間《しゅんかん》、通路《つうろ》から顔《かお》を出《だ》したのは大樹《たいき》だった。

「どうしたんだ？　雄太《ゆうた》。そんな怖《こわ》い顔《かお》をして？」

七海《ななみ》ちゃんがほっとしたように「大樹《たいき》く〜ん」と言《い》ったが、僕《ぼく》はまったく気《き》を許《ゆる》せない。

「大樹《たいき》……上田《うえだ》はどうした？」

「えっ？　上田君《うえだくん》？　途中《とちゅう》ですれ違《ちが》わんかったけどなぁ。こっちへ来《き》たんか？」

大樹《たいき》の言葉《ことば》を聞《き》いた僕《ぼく》は、自分《じぶん》の持《も》っていた変《へん》な推理《すいり》に確信《かくしん》を持《も》った。

「君《きみ》は誰《だれ》だ！」

僕《ぼく》は七海《ななみ》ちゃんを守《まも》りつつ、右手《みぎて》をポケットに突《つ》っこむ。

「雄太《ゆうた》……なにを言《い》うとるんや？　俺《おれ》や、的場大樹《まとばたいき》やないか？」

そこで、七海《ななみ》ちゃんも目《め》の前《まえ》にいるやつが大樹《たいき》じゃないと気《き》がつき顔《かお》が強《こわ》ばる。

「たっ、大樹君《たいきくん》は……そんな変《へん》な関西弁《かんさいべん》なんて使《つか》わない……」

僕《ぼく》らを見《み》つめ直《なお》した大樹《たいき》は、吐《は》き捨《す》てるようにフッと小《ちい》さなため息《いき》をついた。

「さすがに雄太《ゆうた》はするどいなぁ。あともうちょいで『誰《だれ》もいなくなった』のになぁ〜」

不気味《ぶきみ》に笑《わら》った大樹《たいき》の目《め》が、真《ま》っ赤《か》に変《か》わる。

「お前《まえ》がみんなをやったのか!?」

「まぁ、そういうこっちゃ。俺《おれ》らはなぁ、体《からだ》へ入《はい》りこむことができる生命体《せいめいたい》なんや。運転《うんてん》手《しゅ》から車掌《しゃしょう》、車掌《しゃしょう》から萌《もえ》、未来《みらい》、上田《うえだ》と移《うつ》って……最後《さいご》は大樹《たいき》の体《からだ》に入《はい》ったってこっちゃ」

大樹《たいき》がビチャリビチャリと迫《せま》ってきたので、僕《ぼく》は一歩《いっぽ》ずつ後《うし》ろへ下《さ》がる。

「おっ、お前《まえ》はみんなをどうしたんだ!?」

「どうやったかは、……これから見《み》せたるがな〜」

大樹《たいき》の体《からだ》は透明《とうめい》になり、ドロドロととけはじめ、表面《ひょうめん》に無数《むすう》の目《め》が浮《う》かぶ。

「きゃ――――――――――――――――!!」

七海《ななみ》ちゃんは僕《ぼく》の背中《せなか》に必死《ひっし》にしがみついて叫《さけ》ぶ。

「みんなはこうやって、俺《おれ》の体《からだ》に取《と》りこまれたんや〜」

透明《とうめい》な化《ば》け物《もの》が触手《しょくしゅ》をビュンと伸《の》ばした瞬間《しゅんかん》、僕《ぼく》はポケットから発炎筒《はつえんとう》を素早《すばや》く取《と》り出《だ》す。そして、発炎筒《はつえんとう》のキャップ部分《ぶぶん》で芯《しん》の先端《せんたん》を勢《いきお》いよくこすった！

「これでもくらえ！」

バババババババババッ！

大《おお》きな花火《はなび》のように光《ひか》った発炎筒《はつえんとう》の先端《せんたん》が、伸《の》びてきた化《ば》け物《もの》の触手《しょくしゅ》にめりこむ！

「ぐぎぁぁぁぁぁぁぁぁぁぁぁぁぁ！」

化《ば》け物《もの》は得体《えたい》のしれない叫《さけ》び声《ごえ》をあげてフロアに倒《たお》れた。

「七海《ななみ》ちゃん、逃《に》げよう！」

僕《ぼく》は七海《ななみ》ちゃんの手《て》をしっかりつかみ、化《ば》け物《もの》の上《うえ》をジャンプして飛《と》び越《こ》えた。

そして、通路《つうろ》を先頭《せんとう》へ向《む》かって必死《ひっし》に走《はし》りだす。

「ごぼぼぼぼぼぼぼぉぉぉぉ……逃《に》げられないぞぉ……ごぼぼぼぉぉ」

化《ば》け物《もの》はしゃくとり虫《むし》のように、後《うし》ろからドロドロとゆっくり追《お》いかけてくる。

どっ、どうしよう!?　このままじゃ追《お》いつかれてしまう！

人《ひと》の形《かたち》でなくなった化《ば》け物《もの》の動《うご》きは遅《おそ》くなったけど、ここは列車《れっしゃ》の中《なか》。密室《みっしつ》なのだ。

どこまで逃《に》げても、いつかは追《お》い詰《つ》められてしまう。

窓《まど》から逃《に》げられるけど、外《そと》はマイナス十度《じゅうど》。きっと、あっという間《ま》に凍死《とうし》しちゃうだろう。

そんなことを考《かんが》えている間《あいだ》に2号車《ごうしゃ》を通《とお》り抜《ぬ》け、1号車《ごうしゃ》の一番前《いちばんまえ》まで来《き》てしまう。

そこには連結時《れんけつじ》に使用《しよう》する貫通扉《かんつうとびら》があって、ここで通路《つうろ》は行《い》き止《ど》まりになっていた。

「どうしよう!?　雄太君《ゆうたくん》!?　もう逃《に》げる場所《ばしょ》がないよ！」

涙《なみだ》を浮《う》かべた七海《ななみ》ちゃんは、僕《ぼく》にすがるようにして言《い》った。

あいつと戦《たたか》う方法《ほうほう》は⁉　うまく逃《に》げる方法《ほうほう》はないのか⁉

そう思《おも》いながら振《ふ》り向《む》いた貫通扉《かんつうとびら》の窓《まど》からは、青《あお》い車体《しゃたい》のＤＤ《ディーディー》５１の後部《こうぶ》が見《み》えていた。

その時《とき》、僕《ぼく》の頭《あたま》にとんでもないアイディアが思《おも》い浮《う》かぶ！

そんなことしちゃダメなことはわかっているけど、今《いま》は非常事態《ひじょうじたい》だからっ！

「七海《ななみ》ちゃん、僕《ぼく》に任《まか》せて！」

貫通扉《かんつうとびら》のドアレバーを下《さ》げてガチャリと押《お》し開《ひら》くと、ビュユユと一気《いっき》に冷《つめ》たい風《かぜ》と雪《ゆき》が吹《ふ》きこんできた。僕《ぼく》は七海《ななみ》ちゃんの手《て》を引《ひ》いて外《そと》へ出《で》る。

「さっ、寒《さむ》い……」

さすがにマイナス十度《じゅうど》は寒《さむ》い。まるでカッターナイフで体中《からだじゅう》を切《き》られるようだった。

目《め》の前《まえ》にはドドドッとエンジン音《おん》の鳴《な》る、ディーゼル機関車《きかんしゃ》のデッキがある。

雪《ゆき》に埋《う》もれたデッキの中《なか》で、僕《ぼく》は一《ひと》つのレバーを見《み》つけた。

「確《たし》か連結解放《れんけつかいほう》レバーは、これだっ！」

レバーは軽《かる》くて僕《ぼく》でも動《うご》かせた。カチャンとなにかがはずれる音《おと》がする。

「ゆっ、雄太君《ゆうたくん》‼」

二人《ふたり》で振《ふ》り返《かえ》ると、一〇メートル先《さき》の通路《つうろ》までドロドロのあいつが迫《せま》っていた。

「七海《ななみ》ちゃん、こっちへ！」

僕《ぼく》らはディーゼル機関車《きかんしゃ》の脇《わき》に付《つ》いている細《ほそ》い通路《つうろ》を、手《て》すりにつかまりながら歩《ある》いて、機関車中央《きかんしゃちゅうおう》にある運転台《うんてんだい》へとたどり着《つ》く。扉《とびら》の鍵《かぎ》は開《あ》いていたので中《なか》へ入《はい》れた。

DD《ディーディー》51の運転台《うんてんだい》には、前方向《ぜんぽうむ》きにも、後方向《こうほうむ》きにも運転席《うんてんせき》があった。

「雄太君《ゆうたくん》、ここまで逃《に》げても……」

不安《ふあん》そうな顔《かお》で七海《ななみ》ちゃんは、中《なか》からしっかりと扉《とびら》の鍵《かぎ》を閉《し》める。

タタッと走《はし》った僕《ぼく》は、前方《ぜんぽう》に向《む》いていた運転席《うんてんせき》に体《からだ》をすべりこませた。

「七海《ななみ》ちゃん、この機関車《きかんしゃ》であいつから逃《に》げよう！」

「ゆっ、雄太君《ゆうたくん》、機関車《きかんしゃ》の運転《うんてん》なんてできるの!?」

不安《ふあん》そうな七海《ななみ》ちゃんに僕《ぼく》は、コクリとうなずく。

「一畑電車《いちばたでんしゃ》で体験《たいけん》したのとは少《すこ》し違《ちが》うけど、基本《きほん》は同《おな》じだから、きっと大丈夫《だいじょうぶ》！」

じっと、前《まえ》を見《み》つめた僕《ぼく》は、すっと前《まえ》へ向《む》かって右手《みぎて》を伸《の》ばす。

「出発進行《しゅっぱつしんこう》！」

そして、運転台下《うんてんだいした》にあるレバーを思《おも》いきり踏《ふ》む。

フィイイイイイイイイイイイ！

前進《ぜんしん》・後進切《こうしんき》り替《か》えレバーを「前進《ぜんしん》」に入《い》れて、ブレーキレバーを回《まわ》す。

プシュと音《おと》が聞《き》こえたら、マスコンをガリガリと回《まわ》した。

ドドドドドドドとDD《ディーディー》51が、雪《ゆき》に埋《う》もれた線路《せんろ》の上《うえ》を力強《ちからづよ》く走《はし》りだす。

カチャンと後方《こうほう》の連結器《れんけつき》ははずれて、客車《きゃくしゃ》はすべて置《お》き去《ざ》りになる。

さっき、そうなるように連結解放《れんけつかいほう》レバーをはずしておいたんだ。

二人《ふたり》で振《ふ》り返《かえ》って見《み》ると、あの化《ば》け物《もの》が貫通扉《かんつうとびら》のところに立《た》ち止《ど》まって叫《さけ》んでいた。

「絶対《ぜったい》〜逃《に》がさないぞぉぉぉぉぉ！」

ドドドッと一気《いっき》に加速《かそく》したディーゼル機関車《きかんしゃ》は長《なが》いトンネルへ入《はい》る。

「すごい雄太君《ゆうたくん》！　ありがとう！」

七海《ななみ》ちゃんが飛《と》びつくようにして、僕《ぼく》の首《くび》に両腕《りょううで》をまわした。

「助《たす》かったぁ〜」

そこで安心《あんしん》した僕《ぼく》は、ほっとして気《き》が抜《ぬ》けて、すっごい眠気《ねむけ》に襲《おそ》われた。

「雄太君《ゆうたくん》！　雄太君《ゆうたくん》！　雄太君《ゆうたくん》………」
何度《なんど》も叫《さけ》ぶ七海《ななみ》ちゃんの声《こえ》が遠《とお》くなっていく――。

その時《とき》、僕《ぼく》はどこかにガツンと頭《あたま》をぶつけた。
目《め》を開《あ》けてみると、いつもミーティングしているエンドートラベルの会議室《かいぎしつ》。
そこには上田《うえだ》、未来《みらい》、萌《もえ》、七海《ななみ》ちゃんと大樹《たいき》、それに遠藤《えんどう》さんもいた。
「大丈夫《だいじょうぶ》？　雄太君《ゆうたくん》？」
七海《ななみ》ちゃんが不思議《ふしぎ》そうな顔《かお》で、僕《ぼく》の顔《かお》をのぞきこみながら手《て》を差《さ》し出《だ》した。
なんだ……ミーティング中《ちゅう》に寝《ね》ちゃって、椅子《いす》から落《お》ちたのか。
僕《ぼく》は七海《ななみ》ちゃんの手《て》をそっとつかんだ。
つっ、冷《つめ》たっ！
七海《ななみ》ちゃん手《て》は氷《こおり》のように冷《つめ》たく、ビチャリとぬれていた。
「どうしたの？　雄太君《ゆうたくん》」
やさしく微笑《ほほえ》む七海《ななみ》ちゃんの目《め》が、すぅと赤《あか》くなっていくのがわかった。

戦国《せんごく》ベースボール
SENGOKU-BASEBALL
対決《たいけつ》！ 信長《のぶなが》vs 虎太郎《こたろう》
作《さく》・りょくち真太《しんた》 絵《え》・トリバタケハルノブ

桶狭間《おけはざま》ファルコンズ

OKEHAZAMA Falcons

3番《ばん》・ショート
折《お》れないチームプレー
毛利元就《もうりもとなり》
5番《ばん》・セカンド
十文字槍《じゅうもんじやり》の名手《めいしゅ》
真田幸村《さなだゆきむら》
2番《ばん》・センター
伝説《でんせつ》の女地頭《おんなじとう》
井伊直虎《いいなおとら》
1番《ばん》・ライト
強肩好守《きょうけんこうしゅ》のサル
豊臣秀吉《とよとみひでよし》
7番《ばん》・レフト
最強《さいきょう》のかぶき者《もの》
前田慶次《まえだけいじ》
6番《ばん》・キャッチャー
粘《ねば》りの名人《めいじん》
徳川家康《とくがわいえやす》
8番《ばん》・サード
すて身《み》の独眼竜《どくがんりゅう》
伊達政宗《だてまさむね》
Kawanakajima
Thunders
川中島《かわなかじま》サンダース
必殺風林火山《ひっさつふうりんかざん》
武田信玄《たけだしんげん》
毘沙門天《びしゃもんてん》の化身《けしん》
上杉謙信《うえすぎけんしん》

こんにちは！　ぼくは山田虎太郎《やまだこたろう》。
地元《じもと》の野球《やきゅう》チームでエースをしている小学《しょうがく》6年生《ねんせい》。

ひょんなことから
魂《たましい》を地獄《じごく》へ呼《よ》ばれる
ようになったぼくは、

織田信長《おだのぶなが》がひきいる戦国武将《せんごくぶしょう》たちの野球《やきゅう》チーム、
桶狭間《おけはざま》ファルコンズで、
いつもピッチャーをさせられているんだけど……。

なんとそこで活躍《かつやく》しないと、
現世《げんせ》には帰《かえ》れない！

しかも今回《こんかい》は、いつもと
様子《ようす》がちがうようだけど……？
いったいぼく、
どうなっちゃうんだろう？

遠《とお》いむかし、戦国時代《せんごくじだい》。当時《とうじ》の日本《にほん》は乱《みだ》れていました。世《よ》の中《なか》を支配《しはい》していた幕府《ばくふ》の力《ちから》が弱《よわ》まっていたためです。

戦国武将《せんごくぶしょう》たちは、自分《じぶん》こそ平和《へいわ》な世《よ》をつくってみせる、と戦《いくさ》をくりかえしましたが、それはかえって民衆《みんしゅう》をくたくたにつかれさせていました。

やがて地上《ちじょう》はたくさんの犠牲《ぎせい》の上《うえ》に平定《へいてい》されますが、しかし戦国武将《せんごくぶしょう》たちは死《し》んで地獄《じごく》にいってしまっても、そこを安《やす》らぎのある場所《ばしょ》にする、といってあらそいをやめません。

でも、彼《かれ》らは現世《げんせ》で学《まな》びました。合戦《かっせん》では犠牲《ぎせい》を生《う》むだけ。

そこで戦国武将《せんごくぶしょう》たちは考《かんが》えます。せめて地獄《じごく》ではそれをなくしたい。同《おな》じ戦争《せんそう》でも、せめて平和的《へいわてき》にあらそいたいと。

そして地上《ちじょう》でおこなわれている、あるスポーツを見《み》て思《おも》いつきました。これなら平和《へいわ》を乱《みだ》さずに戦《いくさ》ができて、しかもおもしろそうだ。

そうして彼《かれ》らが選《えら》んだあらそいの手段《しゅだん》が、野球《やきゅう》でした。

地獄《じごく》

見上《みあ》げる空《そら》は赤黒《あかぐろ》く、雲《くも》はどんよりと暗《くら》い。堤防《ていぼう》の上《うえ》では、歩《ある》きスマホをしていた学生《がくせい》鬼《おに》が、警察鬼《けいさつおに》にきびしく注意《ちゅうい》されています。

あやしい景色《けしき》がならぶここは、桶狭間《おけはざま》ファルコンズの本拠地《ほんきょち》、地獄《じごく》の一丁目《いっちょうめ》スタジアム。戦国時代《せんごくじだい》ゾーンで、織田信長《おだのぶなが》がひきいる野球《やきゅう》チームです。

ファルコンズは今日《きょう》ここで、ライバルである川中島《かわなかじま》サンダースと練習試合《れんしゅうじあい》をしています。さっきまで球場《きゅうじょう》では熱《あつ》い戦《たたか》いがくりひろげられていましたが……。でも、ちょっと様子《ようす》がおかしいようです。

「無念《むねん》……」

うめくようにつぶやいて、ピッチャーマウンドでうずくまっているのは上杉謙信《うえすぎけんしん》。

顔《かお》に白《しろ》い布《ぬの》をグルグルまいた戦国最強武将《せんごくさいきょうぶしょう》のひとり。そして川中島《かわなかじま》サンダースの剛速球《ごうそっきゅう》ピッチャーです。なぜかくやしそうにくちびるをかんで、肩《かた》をおさえていますが……。

「ふっ。上杉謙信《うえすぎけんしん》よ。マウンドでうずくまりなにをしておる。十円玉《じゅうえんだま》でもおちていたか」

そういって挑発《ちょうはつ》するのは、バッターボックスにたつ織田信長《おだのぶなが》。ほのおのようなふんいきを全身《ぜんしん》からはなち、上杉謙信《うえすぎけんしん》をギョロリとにらんでいます。するとファルコンズベンチから、

「おいおい。十円玉《じゅうえんだま》は見《み》つかったのかー」

と、信長《のぶなが》に同調《どうちょう》するように、からかう口調《くちょう》でヤジを飛《と》ばす選手《せんしゅ》がいました。上杉謙信《うえすぎけんしん》がキッとにらむと、その声《こえ》の主《ぬし》、豊臣秀吉《とよとみひでよし》はベーッと舌《した》をだします。

「上杉謙信《うえすぎけんしん》よ。まあ、せいぜいはやく見《み》つけることじゃな。まだ試合中《しあいちゅう》じゃぞーい」

「うるさい、サルそっくりなクセに！　しゃがんでるのは肩《かた》が痛《いた》いからだ！　おまえと一緒《いっしょ》にするな！」

「ワシ、バナナ以外《いがい》はひろわないもんねー」

上杉謙信《うえすぎけんしん》の反論《はんろん》に、秀吉《ひでよし》はフフンとわらいます。

「うう……。バナナをひろうような武将《ぶしょう》からバカにされるとは……。あと一球《いっきゅう》でそれがし

たちの勝《か》ちだったものを……」

上杉謙信《うえすぎけんしん》は歯《は》をギリギリ鳴《な》らし、無念《むねん》の表情《ひょうじょう》でいいました。

なぜならサンダース対《たい》ファルコンズの試合《しあい》はもう九回裏《かいうら》。３―２で上杉謙信《うえすぎけんしん》のサンダースが一点《いってん》リードしています。

信長《のぶなが》のファルコンズにのこされたのは、もうこの九回裏《かいうら》の攻撃《こうげき》だけ。

……なのにファルコンズは、アウトははやくもふたつとられてしまいました。上杉謙信《うえすぎけんしん》が肩《かた》の痛《いた》みをこらえて投《な》げたので、ファルコンズはなんとかランナーを満塁《まんるい》にできましたが、信長《のぶなが》もツーストライクと追《お》いこまれています。

ここで信長《のぶなが》が打《う》って点《てん》をいれないとゲームセット。ファルコンズの負《ま》けになってしまいます。上杉謙信《うえすぎけんしん》が「あと一球《いっきゅう》」とくやしそうにいっていたのは、それが理由《りゆう》です。

「さあ、どうする、上杉謙信《うえすぎけんしん》よ」

信長《のぶなが》は低《ひく》い声《こえ》をだしました。

「がんばったようだが、もう肩《かた》も限界《げんかい》だろう。それならとくべつに助《すけ》っ人《と》を認《みと》めてやるが」

「助《すけ》っ人《と》、とな？」

上杉謙信《うえすぎけんしん》はキョトンとします。

「そうじゃ。サンダースにはもうピッチャーがおらぬようだ。ならば試合途中《しあいとちゅう》ではあるが、助《すけ》っ人《と》を呼《よ》んで投《な》げさせればよい」

「ちょ、ちょっと待《ま》て、信長《のぶなが》」

そういって口《くち》をはさむのは、ふさふさのキャッチャーマスクをかぶる武田信玄《たけだしんげん》です。サンダースのキャプテンで、キャッチャーをしています。

「信長《のぶなが》よ。気《き》づかいはありがたいが……しかし、いますぐはむずかしいぞ。呼《よ》べるピッチャーにこころあたりがない」

「なら、このままでいいのか？　それで貴様《きさま》らは納得《なっとく》できるのか？」

信長《のぶなが》はいいました。武田信玄《たけだしんげん》はその言葉《ことば》を聞《き》くと、残念《ざんねん》そうに首《くび》をふってうつむきます。

「ならば、方法《ほうほう》はひとつしかあるまい。助《すけ》っ人《と》だ。まあ心配《しんぱい》するな。ピッチャーなら、ワシにいい考《かんが》えがある」

信長《のぶなが》の言葉《ことば》に、武田信玄《たけだしんげん》は首《くび》をかしげました。

「いい考《かんが》えだと？　誰《だれ》のことじゃ？　ちゅうとはんぱなヤツでは、サンダースのマウンドをまかせることはできんぞ」

「それは心配《しんぱい》いらん。ワシも貴様《きさま》もよく知《し》る、あの男《おとこ》を呼《よ》ぶ」

武田信玄《たけだしんげん》はハッとした顔《かお》になると、

「おお……！　あの童《わらべ》なら！」

手《て》をポンとたたきました。「いい考《かんが》えだ」武田信玄《たけだしんげん》の顔《かお》は、そういっています。

しかし、それを聞《き》いてあわてたのは、ベンチから飛《と》びでた秀吉《ひでよし》です。あせって手《て》と足《あし》で
四足歩行《よんそくほこう》する姿《すがた》は、サルそのものでした。

「の、信長様《のぶながさま》っ」

信長《のぶなが》の足元《あしもと》までくると、秀吉《ひでよし》は手《て》をにぎり、背《せ》のびをして信長《のぶなが》にいいました。

「よくお考《かんが》えください。このままいけばサンダースはピッチャーがおらず、試合《しあい》を棄権《きけん》して我《われ》らの勝《か》ち。わざわざあいつを呼《よ》んで相手《あいて》を助《たす》けてやらなくても……」

「ハゲネズミ！　この、うつけものが！」

信長《のぶなが》はカミナリのような声《こえ》をだし、秀吉《ひでよし》をにらみます。その迫力《はくりょく》に押《お》されて秀吉《ひでよし》の顔《かお》は赤《あか》くなり、ますますサルそっくりに変《か》わっていきました。

「勝《か》ち負《ま》けだけが大事《だいじ》ならそれでもいい。だがいまこの練習試合《れんしゅうじあい》で、勝敗《しょうはい》になんの意味《いみ》がある。いいか。相手《あいて》のほこりに敬意《けいい》を払《はら》える者《もの》こそが、サムライなのだ！」

「は、ははっ」

秀吉《ひでよし》は（さいしょに上杉謙信《うえすぎけんしん》を挑発《ちょうはつ》したのは自分《じぶん》のくせに……）と、思《おも》いますが、さからえません。

その場《ば》で信長《のぶなが》にひれふします。

「では、よいな、ハゲネズミ。あやつを呼《よ》べい」

現世《げんせ》

山田虎太郎《やまだこたろう》は小学六年生《しょうがくねんせい》。地元《じもと》の少年野球《しょうねんやきゅう》チームでピッチャーをしています。とてもやさしい性格《せいかく》で、しかも実力《じつりょく》は折《お》り紙《がみ》つき。名門《めいもん》の高校野球部《こうこうやきゅうぶ》も注目《ちゅうもく》するほど。

そんな虎太郎《こたろう》でしたが、でも今日《きょう》の試合《しあい》では……。


「しまったっ！」

打席《だせき》からカキーンと音《おと》が鳴《な》ると、ピッチャーマウンドの虎太郎《こたろう》は、おもわず叫《さけ》んでふりかえりました。相手《あいて》の四番打者《ばんだしゃ》に、投《な》げたボールをかんぺきにとらえられたのです。

虎太郎《こたろう》は打球《だきゅう》を目《め》で追《お》いますが、それは勢《いきお》いがまったくゆるみません。びゅーんとはるかむこうまで飛《と》んでいくと、そのままスタンドにはいってしまいました。がんばって投《な》げた虎太郎《こたろう》ですが、残念《ざんねん》ながらホームランを打《う》たれたのです。

「そんな……」

虎太郎《こたろう》は眉毛《まゆげ》をさげてがっくりしました。ダイヤモンドを一周《いっしゅう》するバッターを、うらめしげに見《み》つめます。すると、

「だいじょうぶか、虎太郎《こたろう》」

キャッチャーがマウンドにかけよってきて、虎太郎《こたろう》に声《こえ》をかけました。

「うん……。でも、いまのボールを打《う》たれてしまうなんて……」

「ああ。せっかく慎重《しんちょう》にいったのにな……」

「そうだよ。ストライクゾーンギリギリをついて、ちゃんとていねいに投《な》げたのに……」

そんな会話《かいわ》をしながら、虎太郎《こたろう》とキャッチャーは、相手《あいて》ベンチに目《め》をむけます。

するとそこでは、たったいまホームランを打《う》ったそのバッターが、わらいながらみんなとハイタッチをかわしていました。顔《かお》には、まだまだよゆうがありそうです。

――とんでもない強打者《きょうだしゃ》だ……。

虎太郎《こたろう》はごくりとつばを飲《の》みこみました。

たしかに相手《あいて》バッターのうわさは聞《き》いていました。でもじっさいに対戦《たいせん》すると、その実《じつ》力《りょく》はうわさ以上《いじょう》。

体《からだ》はみんなよりひとまわり大《おお》きくて、バットをかまえる姿《すがた》はまるで高校生《こうこうせい》。なにより打《う》ってやるぞっていうあの目《め》が、虎太郎《こたろう》はこわかったのです。勝《か》てる気《き》がしません。

だから虎太郎《こたろう》はスピードをおさえて、なるべく長打《ちょうだ》を許《ゆる》さないように、コントロールに気《き》をつけて投《な》げました。しかし、それでも結果《けっか》はこのとおり。

「とにかく、虎太郎《こたろう》」

キャッチャーが、虎太郎《こたろう》の肩《かた》をポンとたたきます。

「打《う》たれたものはしょうがないよ。でもあいつのつぎの打席《だせき》、フォアボールになったっていいからさ、もうストライクゾーンに投《な》げないことだよ。あいつにはかなわない」

「うん……」

キャッチャーは虎太郎《こたろう》の返事《へんじ》を聞《き》くと、守備位置《しゅびいち》に帰《かえ》っていきました。

虎太郎《こたろう》はこころの中《なか》で、なんとなくおもしろくないものを感《かん》じましたが、またホームランを打《う》たれるのはいやです。こわくもありました。

けっきょく、虎太郎《こたろう》はそのあとのバッターを三振《さんしん》にして、ベンチに帰《かえ》ります。そしてその場《ば》に座《すわ》ると、タオルを頭《あたま》にかけてうつむきました。

あいつのつぎの打席《だせき》、逃《に》げなきゃいけないのか……。

くやしいけど、しかたがない。かなわない敵《てき》は、誰《だれ》にだってあるんだ……。

ちょっと、いやな気持《きも》ちです。虎太郎《こたろう》はゆっくりと目《め》をつぶりました。すると……。

地獄《じごく》

「――い、おいってば！」

座《すわ》って目《め》を閉《と》じていると、となりから、ぼくを呼《よ》びかける声《こえ》が聞《き》こえてくる。

「――なに？」

ぼくはつっけんどんに聞《き》きかえした。ちょっといまは、あまり話《はなし》をしたくない気分《きぶん》なんだけど……。

「『なに？』じゃないわい。ほれ。おぬしの出番《でばん》じゃぞ」

ふいにそういわれて、ぼくはパチッと目《め》を開《あ》けた。そして寝坊《ねぼう》した朝《あさ》のようにあわててたちあがると、「ごめん。いまいくから」と、とっさにそう返事《へんじ》をして……、って、あれ？　でも、なんか変《へん》だぞ。だっていまは味方《みかた》の攻撃中《こうげきちゅう》だけど、まだぼくに打《だ》順《じゅん》はまわってこないはずだし、チェンジになるにはちょっとはやい。

ふしぎな気持《きも》ちになって、ぼくはゆっくりととなりを見《み》る。

てっきりそこにチームメイトがいると思《おも》っていて、どういうこと？　って聞《き》くつもりだったけど、でも、なんとそこにいたのは鎧《よろい》を着《き》たサル！　しかもどうしてか、ぼくをじーっと見上《みあ》げている！

「ほんげええっ！　サ、サルがあっ！」

ぼくはおもわずしりもちをつくと、そのままの姿勢《しせい》であとずさりした。するとそのサルは自分《じぶん》を指《ゆび》さしながら、

「サルじゃない！　ワシじゃワシ！　秀吉《ひでよし》！　サルとワシの見《み》わけもつかんのか！」

と、その場《ば》でドスドスと足《あし》ぶみをした。どうやらサルに見《み》えたこの動物《どうぶつ》は秀吉《ひでよし》っぽいけど、かなり似《に》ているから、見《み》わけるのはむずかしいと思《おも》う。

「秀吉《ひでよし》さん？　で、でも……」

ぼくはおしりを払《はら》いながら、たちあがった。

「秀吉《ひでよし》さんがどうしてここに？　ここは現世《げんせ》の野球場《やきゅうじょう》……」

ぼくはまた、あれっ？　って感《かん》じであたりを見《み》まわす。すると、ベンチにいたはずのぼくは、なぜだかグランドにいて、しかもピッチャーマウンドにたっている。

さらにあれあれっ？　ってなって、もう一度《ど》まわりをよく見《み》てみると、いま、ぼくがいるここは、なんだかあやしいふんいき。

うす暗《ぐら》いし、カラスっぽい鳥《とり》はたくさん飛《と》んでるし、むこうに見《み》える川《かわ》は真《ま》っ黒《くろ》だし、グランドにいるみんなは鎧《よろい》を着《き》ているし、しかも全員《ぜんいん》でこっち見《み》てるし、堤防《ていぼう》の上《うえ》ではどこかの学校《がっこう》の制服《せいふく》を着《き》た鬼《おに》が、警察《けいさつ》の制服《せいふく》を着《き》た鬼《おに》にクドクドお説教《せっきょう》されている。

こんな変《へん》なところって、あそこしか知《し》らないぞ……。

「ひ、秀吉《ひでよし》さん。ここって、――もしかして……」

「あん？　地獄《じごく》にきまっとるじゃろ。ワシがまた、おぬしの魂《たましい》を現世《げんせ》からここへ呼《よ》んだんじゃよ。物《もの》わかりの悪《わる》いヤツじゃ」

秀吉《ひでよし》は「まったくもう」って感《かん》じでこたえた。だけど、そんなことをいわれてぼくは冷《れい》静《せい》でいられない。

「う、う、うそだ――――――！」

と叫《さけ》んで、頭《あたま》をかかえて座《すわ》りこんでしまう。だって、いま、現世《げんせ》では試合《しあい》の途中《とちゅう》のはずで、いや、それでなくても地獄《じごく》になんかきたくないのに……。

なんてことだろう。また、また、またしても、ぼくは地獄《じごく》にきてしまったんだ……。

「まあ、心配《しんぱい》するでない、虎太郎《こたろう》」

のんきな声《こえ》で、秀吉《ひでよし》がいった。

「……心配《しんぱい》するにきまってるでしょ。気《き》がついたらいきなり地獄《じごく》にいて、不安《ふあん》にならないひとがいると思《おも》う？」

「気《き》がついたら地獄《じごく》にいるなんてヤツ、おぬし以外《いがい》におらんから知《し》らんわ」

秀吉《ひでよし》はしれっとしていった。悪《わる》びれる様子《ようす》もない。たしかにいうとおりだと思《おも》うけど、近所《きんじょ》のコンビニにいくような気軽《きがる》さで、ぼくをここにつれてこないでほしい。

「とにかく、秀吉《ひでよし》さん！　はやく帰《かえ》してよっ。ぼく、現世《げんせ》で野球《やきゅう》してるんだから！」

ぼくはほっぺたをふくらませて、秀吉《ひでよし》に抗議《こうぎ》する。すると、

「まあまあ」

うしろから、かわいらしい声《こえ》が聞《き》こえてきた。「あっ！」って思《おも》ってふりかえると、そこにはスベスベの和服《わふく》に羽《はね》の生《は》えた、かわいい女《おんな》の子《こ》が、ふわふわとういている。

羽《はね》をパタパタ動《うご》かして、ぼくに手《て》をふっているこの子《こ》は……。

「ヒカルッ！　ヒカルじゃない！　よかったー」

「ひさしぶりっ。虎太郎《こたろう》クン」

ヒカルのにっこり笑顔《えがお》に、ぼくはちょっと安心《あんしん》する。

なぜならヒカルは天女見習《てんにょみなら》いでやさしくって、いつもぼくに、いろんなことを教《おし》えてくれるから。地獄《じごく》の中《なか》で、ぼくのこころのオアシスだ。

「ねえ、ヒカルからも、秀吉《ひでよし》さんになんとかいってよ。いつもいつも、こんなに気軽《きがる》にひとを地獄《じごく》に呼《よ》んでさ」

っていって横《よこ》をむくと、そこにいたはずの秀吉《ひでよし》はもうベンチに帰《かえ》って休《やす》んでいた。ぼくを呼《よ》んでひと仕事《しごと》すんだって感《かん》じだ。なんてすばしっこいサルだろう。

「ま、おちついてよ、虎太郎《こたろう》クン。今日《きょう》はもしかしたら、すぐに帰《かえ》れるかもしれないからさ。がんばろうよ」

「すぐに？」

ぼくはポカンとして聞《き》きかえした。だって、いつものパターンだと、ここで一試合《いっしあい》投《な》げて、しかも勝《か》たないと現世《げんせ》に帰《かえ》れない、ってことになるはずなんだけど……。

「そっ。今日虎太郎《きょうこたろう》クンが投《な》げるのは、うまくいけばたったひとりだよ」

「ホ、ホントに？」

「うん。じつはいま、ファルコンズとサンダースがね……」

ヒカルはひとさし指《ゆび》をたてて、ていねいに状況《じょうきょう》を説明《せつめい》してくれた。

話《はなし》によるといまは練習試合《れんしゅうじあい》の最中《さいちゅう》で、サンダースが一点勝《いってんか》っているらしい。

そして最終回《さいしゅうかい》のツーアウトツーストライクまでとったけど、満塁《まんるい》にされて、おまけに上《うえ》杉謙信《すぎけんしん》が肩《かた》を痛《いた》めちゃって、そしてぼくが代《か》わりに、サンダースのひとりとして投《な》げるってことみたいだ。

「……と、いうわけで、虎太郎《こたろう》クン、たったひとりアウトにすれば、試合終了《しあいしゅうりょう》になるの。うまくいけば、一球《いっきゅう》で終《お》わっちゃうよ」

ヒカルの説明《せつめい》が終《お》わると、

「う、うん！」

ぼくはうれしくて、おもわず手《て》をにぎった。

あとひとり、それもあと一球《いっきゅう》で終《お》わるかもしれないなんて……。

いつもは強敵相手《きょうてきあいて》に九回《かい》を投《な》げ抜《ぬ》いているから、そこからくらべたら、けっこう気分《きぶん》は楽《らく》だ。まさか絶対勝《ぜったいか》てないような相手《あいて》じゃないだろうし。

「じゃあ、虎太郎《こたろう》クン、がんばってね！　相手《あいて》は信長《のぶなが》さんだけど」

「ちょっと待《ま》って――――！」

ぼくはおもわず大《おお》きな声《こえ》でいった。その名前《なまえ》を耳《みみ》にしただけで、胸《むね》の中《なか》がゾッとする。

――の、信長《のぶなが》なんて……。

ぼくは歯《は》をガチガチ鳴《な》らしながら、そーっと顔《かお》を前《まえ》のほうにむけてみた。

するとそこでは信長《のぶなが》が、ブンブンと風《かぜ》をきる音《おと》が鳴《な》るくらい、すごい気迫《きはく》でバットをふっていた。ただそこで素《す》ぶりをしているだけで、独特《どくとく》の強《つよ》いオーラみたいなものが伝《つた》わってきて、それはまるでぼくをつきさすようだった。

「――で、もう用意《ようい》はできたのか、虎太郎《こたろう》よ」

低《ひく》く、力強《ちからづよ》い声《こえ》で、信長《のぶなが》はいった。

「い、いや……、準備《じゅんび》は、まだ……」

「そうか。はやくしろ。貴様《きさま》とは初対戦《はったいせん》になるか。楽《たの》しみだのう……」

と、いって信長《のぶなが》がうかべる魔王《まおう》のようなほほえみに、ぼくの本能《ほんのう》はこう告《つ》げた。これは無理《むり》だ……、と。

なぜなら、ぼくは知《し》っている。

信長《のぶなが》はこれまで、どんな強敵相手《きょうてきあいて》でもひかずに対等《たいとう》に渡《わた》りあってきたことを。味方《みかた》としては最高《さいこう》にたよれる存在《そんざい》だけど、敵《てき》になってしまったら絶望的《ぜつぼうてき》な相手《あいて》だってことを。

——勝《か》てるわけないじゃないか……。

考《かん》えると、恐怖《きょうふ》に足《あし》がすくんでしまう。逃《に》げだしたいような気持《きも》ちになっていると、

「すまん。虎太郎《こたろう》。代《か》わりをさせてしまって」

上杉謙信《うえすぎけんしん》がこっちに歩《ある》いてきて、ぼくにあやまった。痛《いた》そうに肩《かた》をおさえている。

「う、ううん……。でも、自信《じしん》ないなあ……」

「——ああ。満塁《まんるい》で点差《てんさ》は一点《いってん》。打《う》たれてもフォアボールでも同点《どうてん》、下手《へた》すれば逆転《ぎゃくてん》。たしかに虎太郎《こたろう》の気持《きも》ちもわかるが……」

上杉謙信《うえすぎけんしん》はチラッと打席《だせき》の信長《のぶなが》を見《み》て、すぐにぼくへ視線《しせん》をもどした。

「だが、それでもむかっていかなくてはいけない。おそれるのはいいが、かんじんなのは

相手《あいて》にたちむかう勇気《ゆうき》。それを見《み》せねば、現世《げんせ》へは帰《かえ》れぬぞ」

「たちむかう、っていったって……」

ぼくも前《まえ》を見《み》る。

するとバットをかまえた信長《のぶなが》は、ジロリとにらみつけるように、こっちへ視線《しせん》をむけていた。見《み》つめられるぼくはこわさのあまり、ガクガクひざがふるえてしまいそうになる。

「よいか、虎太郎《こたろう》」

上杉謙信《うえすぎけんしん》がつづける。

「これだけはいっておく。おぬしは信長《のぶなが》どのに選《えら》ばれて、ここにたったのだ。助《すけ》っ人《と》をよく思《おも》わなかった武田信玄《たけだしんげん》も、おぬしが投《な》げるならと納得《なっとく》した」

「武田信玄《たけだしんげん》さんが……」

いわれて見《み》てみると、キャッチャーの武田信玄《たけだしんげん》と目《め》があう。すると武田信玄《たけだしんげん》は真剣《しんけん》な表情《ひょう》《じょう》のまま、ぼくにむかって大《おお》きくうなずいた。それを見《み》ると上杉謙信《うえすぎけんしん》は、ぼくの肩《かた》をポンとたたいて、ゆっくりベンチにさがっていった。

そして主審《しゅしん》の赤鬼《あかおに》はグランドの様子《ようす》を確認《かくにん》すると、

「では、試合《しあい》を再開《さいかい》します。よろしいですね？」

と、いってから、「プレイボール！」と、コールする。

いよいよか……。あんまり気《き》のすすむ勝負《しょうぶ》じゃないけど……。

こわさと緊張《きんちょう》でゴクリとつばを飲《の》みこむと、

「虎太郎《こたろう》よ」

信長《のぶなが》が話《はな》しかけてくる。ぼくはどんなことをいわれるのだろうとかまえてから、表情《ひょうじょう》で
「なに？」と、聞《き》きかえした。

「いいか。わかっていると思《おも》うが、この場《ば》にいる誰《だれ》もが納得《なっとく》する投球《とうきゅう》をしなければ、貴様《きさま》を現世《げんせ》には帰《かえ》さぬ。適当《てきとう》に投《な》げて帰《かえ》れるなどという期待《きたい》はせぬことだ」

「や、やだな、信長《のぶなが》さん。ハハ……」

ぼくは、頭《あたま》のうしろを手《て》でさすってごまかした。

そんなことはわかっていたつもりだけど、あらためていわれると、なんだかハードルがあがったみたいで緊張《きんちょう》する。やっぱり信長《のぶなが》をアウトにしなければ帰《かえ》れないみたい。

……でも……。

あの信長《のぶなが》に対《たい》して、どう投《な》げよう？　どこに投《な》げるのが正解《せいかい》だろう？　たちむかう勇気《ゆうき》って上杉謙信《うえすぎけんしん》はいったけど、やみくもにむかっていったって、信長相手《のぶながあいて》じゃ打《う》たれるのがオチだ。満塁《まんるい》だから敬遠《けいえん》も使《つか》えないし。

ぼくはしばらく考《かんが》える。やっぱりいい考《かんが》えなんかうかばないけど……。

でも強打者《きょうだしゃ》が相手《あいて》なんだから、現世《げんせ》でそうしていたように、とりあえずは攻《せ》めすぎないで、慎重《しんちょう》にいこう。

様子《ようす》を見《み》るために、ストライクゾーンからはずしたボールを投《な》げこむんだ。もしかするとひっかかってくれるかも。

「じゃあ、――いくよ」

ぼくはザッと足《あし》をあげて、ステップをふんだ。

すると信長《のぶなが》もバットをたてて、身《み》がまえる。

さあ、ここでのコントロールミスは許《ゆる》されない。ちょっとスピードをおさえてでも、投《な》げるボールは正確《せいかく》に。信長《のぶなが》から遠《とお》く、外《そと》めにはずした場所《ばしょ》をねらわないと。

ぼくはそう思《おも》いながら、背中《せなか》からグイッと腕《うで》をまわす。

そして少《すこ》し力《ちから》をおさえながら、武田信玄《たけだしんげん》が外《そと》にかまえるキャッチャーミットに、

「たあっ！」

と、ボールを投《な》げこんだ。そして投《な》げたままの体勢《たいせい》で、前《まえ》を見《み》る。

するとなぜか打席《だせき》にたつ信長《のぶなが》が、ぼくが投《な》げたボールを見《み》て怒《おこ》ったように見《み》えた。

なんで？　いい球《たま》がこなかったから？

それならちょっとは、ぼくのペースなのかもしれない。信長《のぶなが》には残念《ざんねん》だけど、打《う》ちごろのボールなんて投《な》げないよ。まともにぶつかって勝《か》てる相手《あいて》じゃないんだから。

――内野《ないや》ゴロにでもなってくれ……。そんな期待《きたい》をして、ぼくはキャッチャーミットにむかうボールを見守《みまも》る。

でも――！

「こんなものが！　通用《つうよう》するかっ！」

信長《のぶなが》はいかりのこもった大声《おおごえ》をあげると、そのままバットをフルスイング！

「うそっ！」

まさかあんな大《おお》ぶりするなんて！　しかも腕《うで》とバットを目《め》いっぱいのばしていて、届《とど》か

ないと思《おも》って投《な》げたボールに見事《みごと》にヒット！

——マズい！

カーンと音《おと》を鳴《な》らして空《そら》へつきすすむ打球《だきゅう》は、ロケットみたいにものすごい勢《いきお》いだ。一塁線《るいせん》の上《うえ》をギューンとまっすぐ飛《と》んでいく。

「ラ、ライト！　がんばって！」

ぼくは守備《しゅび》にむかって打球《だきゅう》を指《ゆび》さすけど、ライトを守《まも》る朝倉義景《あさくらよしかげ》は、「くそっ」とくやしげで、ぜんぜん追《お》いつけそうにない。

このままじゃ、ランナーがたくさん帰《かえ》ってきちゃう……。そうなったら逆転《ぎゃくてん》サヨナラ負《ま》けだ！　現世《げんせ》に帰《かえ》れない！

どうしよう、どうしよう、これ……。あわあわあわってなりながら考《かんが》えていると、

「ファール、ファール！」

一塁《るい》の審判《しんぱん》が、頭《あたま》の上《うえ》で大《おお》きく手《て》をふった。それにぼくは、命《いのち》をすくわれたような気持《きも》ちになる。

ファール……。打球《だきゅう》が一塁線《るいせん》を越《こ》えたんだ。助《たす》かった……。

体《からだ》から緊張《きんちょう》が抜《ぬ》けていって、ぼくはホッと胸《むね》をなでおろした。でも、その安心《あんしん》は、

「虎太郎《こたろう》っ！」

という信長《のぶなが》の一喝《いっかつ》でふき飛《と》んだ。

「なんだ、この魂《たましい》がのっていないボールは！　あんなものが貴様《きさま》の実力《じつりょく》か！」

信長《のぶなが》はバットをぼくにむけて、目《め》をけわしくさせた。

「で、でも……、やっぱり強打者相手《きょうだしゃあいて》なら、ちょっと慎重《しんちょう》になるよ。そんなの、とうぜん……」

「とうぜんではない！」

信長《のぶなが》はほえるような声《こえ》をだし、ギラギラした目《め》をこっちにむける。めちゃくちゃ殺気《さっき》だっていて、それは静電気《せいでんき》のように、ふれるだけでバチッと痛《いた》みがはしりそうだった。

でも、……なんでそんなに怒《おこ》っているんだろう？　意味《いみ》がわからないけど……。

『虎太郎《こたろう》クン』

考《かんが》えていると、ヒカルがテレパシーを使《つか》って、頭《あたま》の中《なか》に話《はな》しかけてきた。

『信長《のぶなが》さんはね、生《い》きていたとき、絶対《ぜったい》に勝《か》てないっていわれていた戦《たたか》いに、何度《なんど》も勝《か》っ

たことがあるんだよ。そういうことをいってるんじゃないかな』

『絶対《ぜったい》に、勝《か》てない？』

いまのぼくが、信長《のぶなが》を相手《あいて》に投《な》げるように？

『そう。その代表的《だいひょうてき》な戦《いくさ》が、今川義元《いまがわよしもと》さんとの「桶狭間《おけはざま》の戦《たたか》い」なんだ。今川義元《いまがわよしもと》さんの兵力《へいりょく》は信長《のぶなが》さんの十倍以上《じゅうばいいじょう》といわれていたんだけど、信長《のぶなが》さんってこわいもの知《し》らずでしょ？　勇気《ゆうき》を持《も》ってたちむかって、奇襲《きしゅう》で勝《か》っちゃったんだよ』

『十倍以上《じゅうばいいじょう》の兵力《へいりょく》に？』

……それは、すごい……。

『だから信長《のぶなが》さんは、虎太郎《こたろう》クンの逃《に》げ腰《ごし》とか、どうせ勝《か》てないってあきらめとかに怒《おこ》ってるんだと思《おも》う。きっと、じれったいんだよ。虎太郎《こたろう》クンの成長《せいちょう》を楽《たの》しみにしていたし、信長《のぶなが》さんはもしかすると、この勝負《しょうぶ》に負《ま》けたいのかもしれないね』

ヒカルはそういって、話《はなし》を終《お》えた。

でも、負《ま》けたがっているって……。あの信長《のぶなが》が？　そう思《おも》っていると、

「聞《き》けい、虎太郎《こたろう》！」

信長《のぶなが》がバットをおろし、ぼくをまっすぐに見《み》た。

「いいか。いま貴様《きさま》がたおすべきはワシではない！　貴様《きさま》がいま、たおすべきなのは！」

信長《のぶなが》はそういうと、息《いき》を軽《かる》く吸《す》いこんだ。そして両手《りょうて》で持《も》ったバットを地面《じめん》につけて、

「ワシにはかなわないという、貴様《きさま》のこころの弱《よわ》さだ！」

と、重《おも》みのある声《こえ》をだした。そしてその声《こえ》は、ぼくの内側《うちがわ》に、まるでトンネルの中《なか》の大《おお》声《ごえ》のようにひびきわたった。

たおすべきなのは、こころの弱《よわ》さ。信長《のぶなが》にはかなわないという、ぼくのこころ……。

いわれてみれば、思《おも》いあたるフシはある。勝《か》てないと最初《さいしょ》からそうきめていて、逃《に》げていたような気《き》もする。たちむかう勇気《ゆうき》がいるって、上杉謙信《うえすぎけんしん》もいっていた。

――どうしてぼくは、最初《さいしょ》から勝《か》とうって思《おも》わなかったんだろう。

逃《に》げ腰《ごし》だった姿勢《しせい》、ピッチング。考《かんが》えてみれば、戦《たたか》う前《まえ》からぼくは負《ま》けていた。さっきまでの自分《じぶん》が恥《は》ずかしくなってくる。

でも……。

でも、わかったのなら、やりなおせるはずだ。信長《のぶなが》から「楽《たの》しみだ」なんていわれたぼくなら、なおさら！

ぼくは自分《じぶん》をおちつけるように、ふかくふかく、深呼吸《しんこきゅう》をした。

いま、ぼくの中《なか》では信長《のぶなが》の言葉《ことば》によって、臆病《おくびょう》だった自分《じぶん》がガラガラと音《おと》をたててくずれていた。そしてそのあとにのこったものは、勝《か》ちたいという、とても簡単《かんたん》で強《つよ》い思《おも》いだけだった。

なんで最初《さいしょ》から、これに気《き》がつかなかったんだろう。投《な》げもしないうちから勝《か》てないって思《おも》いこんでいたんだろう。わずかでものこる可能性《かのうせい》を、どうして信《しん》じなかったんだろう。

「……ごめん、信長《のぶなが》さん」

ぼくは打席《だせき》にむかっていった。すると信長《のぶなが》は「わかったらいい」とでもいいたげに、ニヤリとわらう。

それを見《み》てからぼくは、グッと力《ちから》をいれてボールをにぎった。それは、勝《か》ちたいっていう思《おも》いの強《つよ》さからくるものだった。

——負《ま》けられない理由《りゆう》が、ぼくにはある！

「じゃあ、——いくよ。ぼくの全力投球《ぜんりょくとうきゅう》」

「ぜひに及《およ》ばず」

信長《のぶなが》は低《ひく》い声《こえ》でこたえるとバットをたてて、体《からだ》をしずませた。ぼくもそれに応《おう》じるように足《あし》をふみこませ、

「くらええっ！」

と、声《こえ》と同時《どうじ》に、自分《じぶん》の中《なか》にあるすべての力《ちから》と気持《きも》ちをこめて、右腕《みぎうで》を回転《かいてん》させた。そして神経《しんけい》を集中《しゅうちゅう》して、指先《ゆびさき》からボールをはなつ。

「動《うご》きが力強《ちからづよ》い！　それにこのコースは！」

信長《のぶなが》の目《め》が見開《みひら》かれたのがわかる。

そう。ねらったコースはやっぱり、ストライクゾーンギリギリのところ。だけどさっきまでとは、球《たま》にのせた気持《きも》ちがちがう。

——たちむかう、勇気《ゆうき》だ！

そしてこれがぼくの全力《ぜんりょく》！　絶対《ぜったい》にアウトにしてやるぞ！

ぼくは自分《じぶん》の球《たま》で、信長《のぶなが》の空《から》ぶりを確信《かくしん》していた。

……だけどつぎに打席《だせき》から聞《き》こえてきたのは、

カキーン！

という、空《そら》にまでひびきわたる大《おお》きな音《おと》だった。ボールをバットの芯《しん》でとらえた、気持《きも》ちのいい音《おと》だ。

「うそ……」

ぼくはポカンとしたままそれを見上《みあ》げる。いや、ぼくだけじゃなくて、サンダースのみんなもそう。

やがてみんなが見守《みまも》る打球《だきゅう》は、ゆっくりと山《やま》なりのカーブをえがき、スタンドのむこうに消《き》えていった。

逆転満塁《ぎゃくてんまんるい》サヨナラホームラン。

「うそだ……」

ぼくはマウンドでくずれおちる。それを横目《よこめ》に、信長《のぶなが》は塁《るい》を一周《いっしゅう》して、ホームベースに帰《かえ》ってきていた。ファルコンズのみんなは、そんな信長《のぶなが》を、

「さすが信長《のぶなが》どの！」

「これならファルコンズは安泰《あんたい》ですわい」

と、口々《くちぐち》にたたえていた。

ぼくはそれをどこか遠《とお》くで聞《き》きながら、これからのことを思《おも》っていた。

——現世《げんせ》に、帰《かえ》れなくなっちゃった……。

どうしよう。現世《げんせ》の試合《しあい》だってまだ途中《とちゅう》だし、父《とう》さんや母《かあ》さんは悲《かな》しむし、プロ野球選《やきゅうせん》手《しゅ》になるって夢《ゆめ》だって、ぜんぜんまだかなってない。

なみだがにじみそうになる。思《おも》わず下《した》をむいてしまうと、

「こころに勇気《ゆうき》があったならば、後悔《こうかい》することはない」

キャッチャーの武田信玄《たけだしんげん》がそばにきていて、ぼくにそういった。

「後悔《こうかい》っていうか、でも……」

ぼくはこたえようと、目《め》をあげる。

するとぼくのそばにいたのは、武田信玄《たけだしんげん》だけじゃなかった。サンダースや、ファルコンズのみんなもマウンドに集《あつ》まってきていて、ぼくのことをやわらかい表情《ひょうじょう》でながめている。

「どうしたの？　みんな」

「なにって……。虎太郎《こたろう》クンが現世《げんせ》に帰《かえ》るお見送《みおく》りだよ」

キョトンとして聞《き》くとヒカルがにっこり笑顔《えがお》でそういって、

「そうじゃそうじゃ。なにを悲《かな》しそうにしている」

秀吉《ひでよし》も、うんうんってうなずいてつづけた。そして、

「見事《みごと》なピッチングだったぞ、虎太郎《こたろう》」

上杉謙信《うえすぎけんしん》もそんなことをいってほめてくれた。

「え？　でも、負《ま》けちゃったのに……」

みんなの言葉《ことば》に首《くび》をかしげると、

「これは練習試合《れんしゅうじあい》だ」

横《よこ》から威厳《いげん》のある声《こえ》が聞《き》こえてくる。首《くび》をまわして声《こえ》のほうを見《み》ると、そこでは信長《のぶなが》が腕《うで》をくんでまっすぐにたっていた。

「勝《か》ち負《ま》けは問題《もんだい》ではない。練習試合《れんしゅうじあい》で大事《だいじ》なのは自分《じぶん》を成長《せいちょう》させることじゃ。貴様《きさま》は見《み》事《ごと》にそれをはたした。それにワシは、みなが納得《なっとく》する投球《とうきゅう》なら帰《かえ》すと約束《やくそく》したはずだ」

「あ……」

そういえばそうだ。勝《か》ったら、とはいわれていない。

「じゃあ、じゃあ！」

ぼくは手《て》をにぎって、期待《きたい》する目《め》で信長《のぶなが》を見《み》た。すると、

「うむ。帰《かえ》って現世《げんせ》でも練習《れんしゅう》にはげむがよい。たちむかう勇気《ゆうき》を、わすれるな」

そういって、信長《のぶなが》はいつもきびしいその顔《かお》で、にっこりわらった。信長《のぶなが》がめずらしく見《み》せたその表情《ひょうじょう》に、ぼくは「うん！」と、大《おお》きな声《こえ》で返事《へんじ》をした。

現世《げんせ》

あのあと、ぼくは気《き》がつくと現世《げんせ》のベンチで座《すわ》っていた。

地獄《じごく》にいったときの姿勢《しせい》のままで、頭《あたま》にはタオルもかぶっている。

あっと思《おも》って目《め》をあげると、グランドではウチのチームの攻撃《こうげき》が終《お》わったところだった。

ぼくが地獄《じごく》ですごした時間《じかん》は、こっちではほんの短《みじか》い時間《じかん》だったみたいだ。

そしてぼくはいま、ピッチャーマウンドにたって、「ふう」と軽《かる》く息《いき》をはきだしていた。

ぼくが現世《げんせ》で気《き》がついてから試合《しあい》がすすみ、ここで打席《だせき》にむかえたのは、地獄《じごく》にいく前《まえ》にホームランを打《う》たれた、あの四番打者《ばんだしゃ》。

——やってやるぞ……。

そう思《おも》いながらキャッチャーを見《み》ると、ストライクゾーンを完全《かんぜん》にはずした場所《ばしょ》で、ここに投《な》げろとグローブをかまえている。ぼくに勝負《しょうぶ》させないつもりだ。

さっきまでのぼくなら、それにうなずいたかもしれない。でも……。

ぼくはそれに首《くび》をふって、勝負《しょうぶ》すると表情《ひょうじょう》でいった。

するとキャッチャーの友《とも》だちは、にがわらいをうかべながら、グローブをストライクゾーンにかまえなおす。ぼくはそれに、ありがとうの意味《いみ》をこめて、わらって見《み》せた。

さあ、ここからが本番《ほんばん》だ。このボールに、たちむかう勇気《ゆうき》をこめる！

ぼくはもう一度《ど》息《いき》をはきだすと、大《おお》きくふりかぶった。

手《て》の中《なか》にあるボールを強《つよ》くにぎっていて、それは地獄《じごく》で信長《のぶなが》に投《な》げたときのように、負《ま》けたくないって気持《きも》ちからくるものだった。

「打《う》てるものなら打《う》ってみろ……」

小《ちい》さな声《こえ》だけど、力《ちから》をこめてぼくはそう口《くち》にする。すると、

『その意気《いき》じゃ!』

空《そら》からそんな声《こえ》が聞《き》こえてきて、それはさいごに聞《き》いた信長《のぶなが》のやさしい声《こえ》にそっくりだった。

牛乳カンパイ係、田中くん
作・並木たかあき
絵・フルカワマモる

生き残りゲーム　ラストサバイバル
作・大久保開
絵・北野詠一

実況！空想武将研究所
作・小竹洋介
絵・フルカワマモる

電車で行こう！
作・豊田巧
絵・裕龍ながれ

戦国ベースボール
作・りょくち真太
絵・トリバタケハルノブ

集英社みらい文庫

5分《ふん》で夢中《むちゅう》！

サイコーに熱《あつ》くなる話《はなし》

並木《なみき》たかあき　大久保《おおくぼ》開《ひらく》　小竹洋介《こだけようすけ》　豊田《とよだ》巧《たくみ》　りょくち真太《しんた》　作

フルカワマモる　北野詠一《きたのえいいち》　裕龍《ゆうりゅう》ながれ　トリバタケハルノブ　絵

ファンレターのあて先
〒101-8050　東京都千代田区一ツ橋2-5-10　集英社みらい文庫編集部
いただいたお便りは編集部から先生におわたしいたします。

2017年10月31日　第1刷発行

発行者　北畠輝幸
発行所　株式会社 集英社
〒101-8050　東京都千代田区一ツ橋2-5-10
電話　編集部 03-3230-6246
読者係 03-3230-6080
販売部 03-3230-6393(書店専用)
http://miraibunko.jp
装　丁　諸橋藍(釣巻デザイン室),
高岡美幸(POCKET), 小松昇(Rise Design Room)
山本綾野(バナナグローブスタジオ), 中島由佳理
印　刷　凸版印刷株式会社
製　本　凸版印刷株式会社

★この作品はフィクションです。実在の人物・団体・事件などにはいっさい関係ありません。

ISBN978-4-08-321401-1　C8293　N.D.C.913　202P　18cm

残《のこ》るのか――!
限界《げんかい》を超《こ》えたゲームがはじまる!
50人《にん》の小学生《しょうがくせい》が最後《さいご》の一人《ひとり》になるまで
ひとつの競技《きょうぎ》でたたかう大会《たいかい》、ラストサバイバル。
「最後《さいご》まで残《のこ》った優勝者《ゆうしょうしゃ》はなんでも願《ねが》いごとがかなう」という。
小《しょう》6の桜井《さくらい》リクはラストサバイバルに参加《さんか》し、優勝《ゆうじょう》をめざすが…!?
このゲームは遊《あそ》びじゃない!!
おどろきのラストを見逃《みのが》すな!!
シリーズ絶《ぜっ》賛《さん》発《はつ》売《ばい》中《ちゅう》!
50
6
28

だれが最《さい》後《ご》まで
集英社みらい文庫
大久保開 作 北野詠一 絵
生き残りゲーム
ラストサバイバル
でてはいけないサバイバル教室
第《だい》2弾《だん》
でてはいけないサバイバル教室《きょうしつ》
好《こう》評《ひょう》発《はつ》売《ばい》中《ちゅう》！
第《だい》1弾《だん》
最《さい》後《ご》まで歩《ある》けるのはだれだ!?
生《い》き残《のこ》りゲーム
ラストサバイバル
大久保開《おおくぼひらく》 作《さく》 北野詠一《きたのえいいち》 絵《え》

戦国武将《せんごくぶしょう》がもっともっと

もしも…

織田信長《おだのぶなが》が体操《たいそう》の先生《せんせい》だったら…!?
豊臣秀吉《とよとみひでよし》がピアノの先生《せんせい》だったら…!?
徳川家康《とくがわいえやす》が水泳《すいえい》の先生《せんせい》だったら…!?
真田幸村《さなだゆきむら》が将棋《しょうぎ》の先生《せんせい》だったら…!?
卑弥呼《ひみこ》が戦国武将《せんごくぶしょう》だったら…!?
聖徳太子《しょうとくたいし》が戦国武将《せんごくぶしょう》だったら…!?
坂本龍馬《さかもとりょうま》が戦国武将《せんごくぶしょう》だったら…!?
織田信長《おだのぶなが》がうんこをふんだら…!?
戦国武将《せんごくぶしょう》が運動会《うんどうかい》をしたら…!?

2017年《ねん》11月《がつ》27日《にち》(月《げつ》)発《はつ》売《ばい》!!

第《だい》2弾《だん》

もしも坂《さか》本《もと》龍《りょう》馬《ま》が戦《せん》国《ごく》武《ぶ》将《しょう》だったら

戦国武将《せんごくぶしょう》なんでもランキング

いちばんテストの問題《もんだい》になった武将《ぶしょう》は?
いちばんおもしろい武将《ぶしょう》コンビは?
いちばんテニスが強《つよ》い武将《ぶしょう》は?
いちばん女装《じょそう》が似合《にあ》う武将《ぶしょう》は?
いちばん所長《しょちょう》オススメの武将《ぶしょう》の名言《めいげん》は?
いちばんモテる戦国時代《せんごくじだい》の姫《ひめ》は?

「みらい文庫《ぶんこ》」読者《どくしゃ》のみなさんへ

言葉《ことば》を学《まな》ぶ、感性《かんせい》を磨《みが》く、創造力《そうぞうりょく》を育《はぐく》む……、読書《どくしょ》は「人間力《にんげんりょく》」を高《たか》めるために欠《か》かせません。たった一枚《いちまい》のページをめくる向《む》こう側《がわ》に、未知《みち》の世界《せかい》、ドキドキのみらいが無限《むげん》に広《ひろ》がっている。これこそが「本《ほん》」だけが持《も》っているパワーです。

学校《がっこう》の朝《あさ》の読書《どくしょ》に、休《やす》み時間《じかん》に、放課後《ほうかご》に……。いつでも、どこでも、すぐに続《つづ》きを読《よ》みたくなるような、魅力《みりょく》に溢《あふ》れる本《ほん》をたくさん揃《そろ》えていきたい。読書《どくしょ》がくれる、心《こころ》がきらきらしたり胸《むね》がきゅんとする瞬間《しゅんかん》を体験《たいけん》してほしい、楽《たの》しんでほしい。みらいの日本《にほん》、そして世界《せかい》を担《にな》うみなさんが、やがて大人《おとな》になった時《とき》、「読書《どくしょ》の魅力《みりょく》を初《はじ》めて知《し》った本《ほん》」「自分《じぶん》のおこづかいで初《はじ》めて買《か》った一冊《いっさつ》」と思《おも》い出《だ》してくれるような作品《さくひん》を一所懸命《いっしょけんめい》、大切《たいせつ》に創《つく》っていきたい。

そんないっぱいの想《おも》いを込《こ》めながら、作家《さっか》の先生方《せんせいがた》と一緒《いっしょ》に、私《わたし》たちは素敵《すてき》な本作《ほんづく》りを続《つづ》けていきます。「みらい文庫《ぶんこ》」は、無限《むげん》の宇宙《うちゅう》に浮《う》かぶ星《ほし》のように、夢《ゆめ》をたたえ輝《かがや》きながら、次々《つぎつぎ》と新《あたら》しく生《う》まれ続《つづ》けます。

本《ほん》を持《も》つ、その手《て》の中《なか》に、ドキドキするみらい――。

本《ほん》の宇宙《うちゅう》から、自分《じぶん》だけの健《すこ》やかな空想力《くうそうりょく》を育《そだ》て、〝みらいの星《ほし》〟をたくさん見《み》つけてください。

そして、大切《たいせつ》なこと、大切《たいせつ》な人《ひと》をきちんと守《まも》る、強《つよ》くて、やさしい大人《おとな》になってくれることを心《こころ》から願《ねが》っています。

2011年《ねん》　春《はる》

集英社《しゅうえいしゃ》みらい文庫編集部《ぶんこへんしゅうぶ》